Chère lectrice,

Fut un temps où « se marier pure » (ou du moins le prétendre) était une obligation absolue pour toute jeune fille comme il faut. J'en veux pour preuve la manière dont Mme de Merteuil, dans *Les Liaisons dangereuses*, se venge de l'amant qui s'est détourné d'elle : elle fait en sorte que soit indécemment dépucelée la vierge qu'il va épouser. Quelle honte, pour cet homme et pour la famille de la jeune épousée, lorsqu'on découvrira qu'elle a été dûment instruite par un autre…

Cela dura ce que cela dura.

Puis vint une tout autre époque, pas si loin de notre jeune xxie siècle, où, au contraire, s'avouer vierge à plus de quatorze ans (j'exagère…) faisait de vous une oie blanche ridicule, voire un peu attardée. Il *fallait* avoir vu le loup, et de près, s'il vous plaît.

Les années passant, les choses se sont un peu équilibrées. Mais… mais il reste tout de même de cette période de sexualité affichée l'idée que, passé un certain âge, il n'est tout de même pas « normal » de n'avoir encore jamais fait l'amour. Que se passe-t-il donc dans la tête de ces filles plutôt jolies, plutôt pas prudes, heureuses dans leur job, mais qui n'ont jamais partagé l'intimité d'un homme ? ne peut-on s'empêcher de se demander comme s'il y avait un *bug*. Pourquoi n'ont-elles pas suivi le mouvement, fait comme les copines, bref, dit adieu à leur virginité — un peu comme on se débarrasse d'un vêtement encombrant. On peut imaginer certaines réponses, notamment qu'elles ont peur de franchir le pas. Et plus les années passent, plus elles se sentent enfermées dans leur virginité et effrayées à l'idée de « rater » leur entrée dans leur vie sexuelle… Qu'elles se sont données à leur travail… Certes. Mais si, plus simplement, elles n'avaient jamais éprouvé le *déclic* ? Vous savez, cet élan irrésistible, profondément charnel, physique, qui vous pousse avec une force incroyable dans les bras d'un homme… Si elles n'avaient pas encore rencontré l'*homme* qui provoquera ce déclic et leur fera perdre la tête? A chacune sa nature, non ?

Bonne lecture,

...ion

La tentation d'être femme

CATHY GILLEN THACKER

La tentation d'être femme

COLLECTION ROUGE PASSION

*éditions*Harlequin

*Cet ouvrage a été publié en langue anglaise
sous le titre :*
WILDCAT COWBOY

Traduction française de
SYLVIE TROIN

HARLEQUIN®

est une marque déposée du Groupe Harlequin
et Rouge Passion® est une marque déposée d'Harlequin S.A.

Photo de couverture
© GHISLAIN & MARIE DAVID DE LOSSY / GETTY IMAGES

*Toute représentation ou reproduction, par quelque procédé que ce soit, constituerait
une contrefaçon sanctionnée par les articles 425 et suivants du Code pénal.*
© 1999, Cathy Gillen Thacker. © 2004, Traduction française : Harlequin S.A.
83-85, boulevard Vincent-Auriol, 75013 PARIS — Tél. : 01 42 16 63 63
Service Lectrices — Tél. : 01 45 82 47 47
ISBN 2-280-08308-6 — ISSN 0993-443X

1.

Au moment où l'hélicoptère fut en vue et amorça sa lente descente vers le terrain aménagé à distance du ranch, Joy Lynn Corbett Wyatt comprit que de gros ennuis s'annonçaient. Et il y avait de fortes chances pour que ces ennuis lui viennent tout droit de Houston, en la personne du millionnaire Wade McCabe.

Gagné… Quelques minutes plus tard, McCabe lui-même déboulait au volant d'un Ford Expedition blanc qui l'avait attendu à sa descente d'hélico, et se garait à côté des véhicules de la compagnie pétrolière, juste au pied du derrick.

Joy dégringola la plate-forme où elle inspectait jusque-là les turbines du trépan et observa le businessman texan. Campé sous le soleil de plomb, poings sur les hanches, il embrassait du regard les installations de forage et les mobile homes installés sur ses terres.

Et il n'avait pas l'air content de ce qu'il voyait.

Mon Dieu… Entièrement vêtu de noir, depuis son blouson de cuir jusqu'à son jean et ses santiags, il paraissait encore plus grand que sur les photos des magazines, songea-t-elle. Et il était beaucoup plus intimidant. Bien que son visage fût partiellement caché par un Stetson noir et des lunettes d'aviateur, on devinait combien il était furieux : mâchoires et poings serrés ne laissaient aucun doute sur sa mauvaise humeur.

Dès qu'il vit Joy, il se dirigea sur elle. Un lundi noir commençait...

— Bonjour, mademoiselle. Je suis Wade McCabe, annonça l'homme d'affaires en prenant tout de même la peine de lui tendre la main. Faites venir Big Jim Wyatt.

Et voilà... Joy avait imaginé et redouté cet instant des centaines de fois. L'heure était venue...

— Bonjour, monsieur McCabe, dit-elle en serrant la main du businessman. J'ai peur que vous ne vous soyez déplacé pour rien : Big Jim est actuellement en Amérique du Sud.

Comme elle s'y attendait, une explosion de rage accueillit la nouvelle.

— Vous plaisantez !

— Malheureusement, non.

Wade ôta vivement ses lunettes de soleil pour les fourrer dans la poche de sa chemise, et Joy reçut en pleine face le choc de son regard noir outragé.

— Et on ne m'a pas prévenu !

— Il est parti en catastrophe, expliqua Joy. Mais ne vous inquiétez pas, nous sommes encore quatre à travailler sur votre ranch.

Wade ne parut pas apaisé le moins du monde.

— Avez-vous trouvé du pétrole ?

— Ce n'est qu'une question de jours, ou d'heures.

Du moins, Joy l'espérait-elle de tout son cœur...

Avec un soupir exaspéré, McCabe ôta son chapeau et passa la main dans ses épais cheveux bruns.

— Donnez-moi le numéro de portable de Big Jim. Je veux lui parler tout de suite.

— Je regrette, c'est impossible, murmura-t-elle.

Puis, intimidée par l'expression meurtrière de son interlocuteur, Joy recula jusque dans le mobile home qui lui servait de bureau.

— Pourquoi ça ?

— Big Jim est en pleine jungle, il est injoignable.

Levant les yeux au ciel, Wade McCabe s'engouffra à l'intérieur du véhicule climatisé.

— Votre patron s'est *engagé* à chercher du pétrole sur *mes* terres, rappela-t-il. Il a signé le contrat de prospection que je lui avais envoyé et il a encaissé mon chèque. Jamais il ne m'a parlé de se déplacer à l'étranger !

« Et pour cause », pensa Joy. Big Jim ignorait jusqu'à la proposition de Wade McCabe. L'autorisation de forage et le chèque étaient arrivés au bureau d'Odessa deux jours après son départ pour l'Amérique du Sud…

— Vous pouvez compter sur les Forages Wyatt, assura-t-elle dans l'espoir de calmer la colère de son interlocuteur. Big Jim vous a toujours donné satisfaction, n'est-ce pas ?

— C'est bien parce que je croyais pouvoir lui faire confiance que je me suis contenté de lui envoyer un contrat sans même m'entretenir avec lui au préalable ! maugréa Wade. Mais quand je vois avec quel matériel vous travaillez…

Indiquant le derrick derrière la fenêtre du mobile home, Wade secoua la tête.

— Où avez-vous déniché ce tas de ferraille ?

Joy pinça les lèvres. Certes, la tour de forage avait connu des jours meilleurs : son ossature était rouillée, tout comme les pompes et les escaliers qui desservaient la plate-forme où étaient installés les remises à outils et les moteurs, le trépan était poussif et grinçait pitoyablement en s'enfonçant dans la terre… Cependant, tout le matériel était performant et coûtait beaucoup moins cher en entretien qu'une tour flambant neuve.

— Ce « tas de ferraille », comme vous le dites si gentiment, a fait ses preuves. En outre, il a toute une histoire, rétorqua-t-elle vertement.

Son interlocuteur hocha la tête avec un sourire ironique.

— Je n'en doute pas une seconde. Et je dirais même une « préhistoire »…

— C'est avec lui que Big Jim a trouvé son premier gisement de pétrole, poursuivit Joy avec fierté.

Et elle espérait de toutes ses forces que le derrick lui porterait chance à elle aussi.

— Il ne vous coûte qu'un dixième de ce que vous dépensez d'ordinaire pour un forage de reconnaissance, souligna-t-elle, pensant que ce dernier argument avait de quoi vaincre toutes les réticences d'un businessman.

Wade soupira. Encore une personne qui s'imaginait qu'il avait une calculatrice à la place du cœur.

— Comment vous appelez-vous, déjà ? demanda-t-il plus calmement.

Elle s'était bien gardée de le lui dire. Mais à présent, elle n'avait pas le choix.

— Joy. Joy Lynn Corbett, répondit-elle du bout des lèvres.

« De toute façon, répliqua-t-elle à sa conscience qui lui soufflait qu'elle faisait des cachotteries pas très jolies sur son patronyme, décliner son nom tout entier prendrait trop de temps. »

— Eh bien, Joy Lynn Corbett, vous direz à Big Jim que je refuse de perdre davantage de temps et d'argent. Je résilie notre contrat. Sur-le-champ.

Joy ouvrit des yeux incrédules.

— Vous ne pouvez pas faire ça !

— Je vais me gêner, rétorqua Wade en se tournant vers la porte.

Vive comme l'éclair, elle se plaça sur son chemin et s'interposa.

— Vous allez anéantir le dur labeur de toute une équipe !

— Justement, si vous me disiez quelle est votre fonction exacte dans cette équipe ?

Joy se mordit la lèvre et rougit légèrement.

— Disons que je coordonne les opérations. Je… Je m'occupe également du secrétariat et de la comptabilité.

L'air sceptique, Wade la toisa de pied en cap, depuis ses bottes poussiéreuses jusqu'à son T-shirt bleu dur.

— Je croyais que Big Jim n'employait que des hommes.

Elle haussa les épaules.

— Je suis l'exception qui confirme la règle.

— Pourquoi vous a-t-il engagée, vous plutôt qu'une autre ?

Vexée par les doutes contenus dans cette question, Joy leva le menton.

— Je lui ai dit que je voulais tout apprendre sur la prospection pétrolière chez le meilleur foreur du Texas et que je n'accepterais pas de refus de sa part.

Surprenant le sourire admiratif de Wade, elle se détendit légèrement et s'assit sur le coin de son bureau.

— Voilà pourquoi, quand il a dû partir pour l'Amérique du Sud, il m'a recrutée et envoyée prêter main-forte à Gus, Ernie et Dieter.

— Ne pouvait-il pas dépêcher un autre de ses hommes ?

— Je suis très compétente, je vous assure.

« Bon sang ! » ragea Joy en serrant les poings. Wade McCabe était aussi macho que Big Jim. Oui, elle était douée, très douée ! Son père s'en serait aperçu depuis belle lurette s'il lui avait donné sa chance ! Sa chance de prouver ses capacités — au lieu de l'enfermer dans un bureau à répondre au téléphone et à classer des dossiers !

McCabe reprit :

— Vous êtes peut-être aussi compétente que vous le dites, mademoiselle, mais moi, si j'ai dealé avec les Forages Wyatt, c'est parce que j'étais convaincu que Big Jim superviserait *personnellement* les opérations. Sans lui sur le derrick, je n'ai aucune garantie de succès ; je risque de dépenser des milliers de dollars pour rien.

D'une main rageuse, il prit dans la poche de sa veste un contrat paraphé JLW et le déchira. Comme il jetait les morceaux dans la corbeille à papier, Joy sentit la panique la gagner.

— Je vous en prie, ne faites pas ça !

— Je n'ai pas le choix. Votre patron s'est moqué de moi, il…

A court de mots, il s'interrompit et secoua la tête. Il abhorrait la trahison, sous toutes ses formes et à tous les niveaux.

Pendant ce temps, Joy récupérait les morceaux du contrat et revenait se camper devant Wade.

— Vous n'avez jamais eu à vous plaindre des Forages Wyatt, n'est-ce pas ? rappela-t-elle d'une voix tremblante.

Touché malgré lui, Wade détourna les yeux. C'est alors qu'une pochette kraft posée sur une pile de dossiers attira son attention. Des photos de mannequins en robe du soir en dépassaient.

— Vous comptez vous rendre à un bal ? demanda-t-il en se penchant pour examiner les clichés.

Joy le foudroya du regard.

— Ne soyez pas ridicule !

Wade était perplexe. Il ne l'aurait pas crue coquette et encore moins frivole. Si jolie qu'elle fût, avec son visage à l'ovale parfait, ses grands yeux verts frangés de longs cils veloutés, son teint doré et ses lèvres charnues très sensuelles, elle ne faisait rien pour se mettre en valeur. Ses longs cheveux bruns étaient attachés par un élastique, elle ne se maquillait pas. Et elle s'habillait comme n'importe quel ouvrier sur un chantier : jean, bottes et T-shirt porté sous une chemise western.

Joy soupira avec irritation.

— C'est ma mère qui espère me donner des idées. Elle trouve que je manque d'allure.

Wade essaya de se faire sa propre idée. Ma foi, elle avait une silhouette parfaite, était élancée et dotée de rondeurs bien placées, juste ce qu'il fallait. Pas si mal.

Les robes du soir l'avantageraient-elles encore ? Pas sûr. Elle était déjà tout à fait sexy avec ce jean élimé qui moulait ses longues jambes comme une seconde peau. Oui, décidément, le genre décontracté était plus adapté à sa personnalité apparemment énergique et combative, à ses gestes toniques. D'ailleurs, ne venait-elle pas de fermer avec une certaine… brusquerie le tiroir dans lequel elle avait fourré les photos… ?

— Vos parents vous voudraient en jupe et talons aiguilles du matin au soir, c'est ça ?

Joy haussa les épaules.

— Ils veulent surtout que je me marie.

— Dans ce cas, ils ne doivent pas apprécier le métier que vous faites.

Elle était si soulagée qu'il ait oublié sa colère contre ce qu'il considérait comme un manque de professionnalisme de la part de Big Jim qu'elle ne songea même pas à ramener la conversation sur un terrain moins personnel.

— Ils espèrent qu'après quelques mois de travail pour les Forages Wyatt, je vais renoncer à devenir prospectrice.

Elle pinça les lèvres.

— D'après ma mère, je ne trouverai jamais un mari si je ne m'habille pas comme un top model.

— Elle a sans doute raison.

Avec un léger sourire, Wade fit mine de confier :

— Pour ma part, je préfère les femmes en robe de satin ou de soie.

« Plus elles sont écervelées et superficielles, plus elles me plaisent », ajouta-t-il *in petto*.

— Tout ça n'est pas mon style, déclara Joy, les joues cramoisies.

— Je l'avais compris.

Elle haussa un sourcil.

— D'après vous, je ne ressemble pas à une débutante de la bonne société ?

— Pas vraiment, répondit Wade, incapable de mentir.

Les prétendues copines de cette jeune femme, songea-t-il, auraient préféré mourir plutôt que d'être surprises, comme elle, sans maquillage et en jean au beau milieu de la campagne texane !

Etonné, il vit un vif soulagement se peindre sur le visage de Joy.

— Tant mieux ! Je déteste les bals et les robes sophistiquées.

Il ne la crut pas une seconde. Toutes les filles, petites ou grandes, rêvaient de vivre l'aventure romantique de Cendrillon, non ?

— De toute façon, ajouta Joy, j'ai vingt-six ans, j'ai passé l'âge d'être une déb'.

— Moi, j'en ai trente. Je…

Wade s'interrompit alors que son portable vibrait dans la poche de sa chemise.

— Excusez-moi.

Joy en profita pour scotcher le précieux contrat qui chargeait les Forages Wyatt d'effectuer des sondages d'exploration pétrolière sur le Ranch de la Pantoufle d'or.

Quand Wade eut mis fin au coup de fil, elle s'aperçut qu'il avait de nouveau le visage sombre et les lèvres pincées.

— Quelque chose ne va pas ? s'enquit-elle par pure convenance.

— La personne que j'avais chargée d'organiser une réception me laisse tomber.

Wade leva les bras au ciel.

— Voilà ce qui arrive quand on engage une ex !

Il avait rompu avec Andrea quelques semaines plus tôt, parce qu'il ne supportait plus d'avoir l'impression d'être seul quand ils étaient ensemble.

— Si vous étiez en mauvais termes, pourquoi cette personne a-t-elle accepté de travailler pour vous ? s'étonna Joy.

— Si j'ai bien compris, Andrea voulait me montrer ce que cela fait d'être lâché du jour au lendemain. Même si l'enjeu n'est qu'une réception.

Wade haussa les épaules.

— Moralité : il vaut mieux traiter avec des gens qui ont besoin de gagner leur vie !

Joy le considéra avec perplexité.

— Je ne vois pas ce que vous voulez dire…

— Andrea est issue d'une famille riche de Houston. Elle est payée par les gens de son monde pour organiser des fêtes. Ça lui donne l'impression d'être plus qu'un nom prestigieux et l'héritière d'une grosse fortune.

Gênée de se reconnaître dans cette description, Joy baissa les yeux.

— Pour quand est prévue votre réception ?

— Vendredi.

Elle s'arrêta net, ahurie.

— *Ce* vendredi ? Dans cinq jours ?

Comme il confirmait, elle secoua la tête, désolée.

— Andrea a probablement raison, murmura-t-il. Cela dit, vous ne connaîtriez pas quelqu'un qui… ?

En réponse à la question, elle expliqua patiemment :

— Nous sommes en juin. C'est le mois des mariages. Tous les organisateurs de fêtes sont bookés depuis des mois.

— Dans ce cas, je vais devoir m'occuper de tout moi-même.

Le front plissé, Joy réfléchit brièvement.

— C'est peut-être envisageable, après tout. Que célébrez-vous ?

— Le départ à la retraite de mes parents.

Elle se laissa tomber sur sa chaise et posa les pieds sur son bureau.

— Vous avez déjà un local, j'espère ?

Wade dut faire un gros effort pour cesser d'admirer ses longues jambes.

— J'ai loué une salle à Laramie.

Après avoir noté quelques mots sur un calepin, Joy fit une croix dans la marge.

— Avez-vous engagé un traiteur ?

A sa grande honte, Wade dut admettre qu'il ne s'était pas du tout penché sur la question.

— Qui va animer la soirée ? Un orchestre ou un disc-jockey ? Avez-vous choisi le fleuriste qui décorera la salle ?

— Je me reposais entièrement sur Andrea…

Avec un profond soupir, il se percha sur le coin du bureau.

— … Mais je vais m'y mettre.

Joy sourit.

— Ah ? Cela veut donc dire que vous allez rester quelques jours à Laramie ! Nous pourrons…

Il se hâta de chasser de la main l'hypothèse.

— N'espérez pas me faire changer d'avis ! Notre contrat est résilié.

Joy le considéra d'un air pensif puis réfléchit fébrilement. Après avoir pris une profonde inspiration, elle demanda :

— Et si… Si les Forages Wyatt s'engageaient, dès aujourd'hui, à assumer tous les frais inhérents au forage en échange de deux pour cent de royalties sur la vente du pétrole qui sera trouvé, accepteriez-vous de reconsidérer votre position ?

2.

Au grand soulagement de la jeune femme, Wade n'opposa pas un refus immédiat et catégorique.

— Comment pourrez-vous modifier les termes du contrat si Big Jim est à l'étranger ?

— Il a laissé des consignes à sa banque et à ses avocats pour que je puisse faire face à toute éventualité en son absence.

Voyant qu'il était tenté par son offre, Joy insista.

— Big Jim tient à ce que nous fassions tout ce qui est en notre pouvoir pour trouver du pétrole et…

Elle s'interrompit alors que la porte du mobile home s'ouvrait sur Gus, un foreur au visage buriné qu'elle connaissait depuis sa plus tendre enfance.

— N'est-ce pas, Gus ? Big Jim veut que les Forages Wyatt donnent entière satisfaction à M. McCabe.

Sachant que le bras droit de son père avait la fâcheuse habitude de dire le fond de sa pensée sans mâcher ses mots, elle lui lança un regard d'avertissement. Il devait absolument comprendre que la situation était critique.

— C'est plus qu'exact, confirma Gus en allant à l'évier pour laver ses mains maculées de cambouis.

Il se tourna vers Wade.

— Nous sommes très près de trouver du pétrole, affirma-t-il. Si je n'en étais pas convaincu, je ferais reboucher le puits immédiatement, croyez-moi, McCabe.

Wade sentit ses résolutions de fermeté faiblir. Mais à sa grande irritation, c'était moins l'assurance de Gus que le regard de Joy qui l'incitait à revenir sur sa décision.

Que lui arrivait-il ? Ce n'était pourtant pas son genre de se laisser attendrir par un joli minois...

— Si vous garantissez que les Forages Wyatt assumeront tous les frais à compter d'aujourd'hui..., commença-t-il.

— Nous ferons établir l'avenant au contrat avant la fin de la journée, promit Joy.

— Et si nous ne trouvons pas de pétrole, cela ne vous coûtera pas un sou, renchérit Gus.

— Entendu.

Wade s'en voulut d'éprouver tant de satisfaction devant la joie et l'excitation qui rosissaient les joues de Joy.

— En revanche, tint-il à préciser pour bien montrer qu'il raisonnait en homme d'affaires, le taux des royalties sera d'un pour cent, pas deux.

Après s'être brièvement consultés du regard, Joy et Gus hochèrent la tête.

— Marché conclu, acceptèrent-ils en chœur.

— Parfait.

Wade regarda sa montre.

— Je dois me rendre à l'hôpital de Laramie. Mon frère vient d'y être nommé chirurgien à temps plein. Ensuite, je serai chez moi. Appelez-moi dès que l'avenant au contrat sera prêt, je repasserai le signer.

Le sourire radieux de Joy l'atteignit en plein cœur. Et quand elle effleura sa main pour prendre sa carte de visite, il se demanda confusément si sa peau était aussi douce et chaude partout...

Déconcerté et irrité de nourrir des pensées aussi peu professionnelles, il marmonna un vague au revoir et fonça vers sa voiture.

— As-tu perdu la tête ? s'écria Gus dès qu'il se retrouva seul avec Joy. Tu ne peux pas payer ce forage de ta poche !

— Je n'ai pas le choix, répliqua-t-elle calmement.

En fait, elle finançait déjà de ses propres deniers tous les frais qui n'étaient pas facturés à Wade McCabe. Mais, bien sûr, Gus l'ignorait.

— Si je n'avais pas proposé cette solution, McCabe nous aurait obligés à plier bagage dès aujourd'hui.

Tout en parlant, elle entreprit de préparer du thé glacé.

— Pourquoi ne pas suspendre les opérations jusqu'au retour de ton père ? suggéra Gus comme elle branchait la bouilloire électrique.

Le front buté, elle secoua la tête.

— Il m'a chargée de faire marcher la boutique en son absence.

— Sauf qu'il pensait que tu n'aurais rien d'autre à faire que répondre au téléphone ! Je te rappelle qu'à part sa vieille tour fétiche, il a emporté tout son matériel avec lui !

C'était avec ce vieux derrick que les Forages Wyatt avaient découvert leur premier gisement pétrolier. A partir de là, la petite société de prospection indépendante avait connu une expansion fulgurante et son fondateur était devenu millionnaire.

Joy espérait connaître le même succès dans un avenir très proche.

— McCabe sait-il au moins qui tu es ? s'enquit Gus, soupçonneux.

Le rouge aux joues, Joy se détourna vivement.

— Pour lui, je suis Joy Lynn Corbett, marmonna-t-elle en posant deux sachets de thé dans un pichet. Point barre.

— Bref, tu lui as menti, conclut Gus. Par omission.

Très embarrassée, elle prit le temps de verser l'eau bouillante sur les sachets et d'ajouter des rondelles de citron et du sucre en poudre avant de tenter de se justifier.

— J'étais bien obligée. Il aurait refusé de confier ses forages à une déb'.

Gus secoua la tête.

— Tu joues avec le feu…

Joy leva les yeux au ciel.

— Tu t'inquiètes trop, lui reprocha-t-elle en vidant un bac à glaçons dans le pichet.

— Et toi, pas assez.

Pas assez ? Gus se trompait, songea la jeune femme en soupirant. Au contraire, elle se faisait un sang d'encre depuis qu'elle avait signé le contrat de Wade McCabe ! Cependant, elle ne pouvait s'empêcher d'éprouver une certaine fierté à avoir osé prendre un risque pour la première fois de sa vie.

Si tout se passait comme elle l'espérait, ses parents la respecteraient enfin, ils cesseraient de lui reprocher constamment de ne pas être comme ci ou comme ça.

— Je sais ce qui est en jeu, crois-moi, assura-t-elle d'un ton grave.

Estimant que le thé avait suffisamment refroidi, elle en remplit deux verres et les posa sur la table.

— Si j'échoue, je compromettrai mon avenir et la réputation de Big Jim.

— Sans parler de l'estime que me porte ton père, ajouta Gus avec humeur. Je te rappelle que lui et moi sommes amis depuis trente-cinq ans.

Joy lui tendit un verre.

— En revanche… En revanche, si je trouve du pétrole, Big Jim ne m'en voudra pas d'avoir signé un contrat à sa place.

Après avoir bu une gorgée de thé glacé, Gus fit la grimace et reposa son verre.

— Pourquoi ne pas lui avouer ce que tu as fait et le laisser s'arranger avec McCabe ? suggéra-t-il.

— Parce que ce n'est pas nécessaire.

Joy se pencha vers lui.

— Je *sais* que je vais trouver du pétrole, Gus. J'ai juste besoin de temps.

Et, foi de Joy, elle allait l'obtenir. Elle avait pris trop de risques pour renoncer maintenant.

— Tu fais chou blanc ? Tu ne trouves pas d'âme charitable pour la fête de vendredi ?

Les sourcils froncés, Wade rempocha son téléphone portable et foudroya son frère Jackson du regard.

— On dirait que toutes mes amies se sont passé le mot, maugréa-t-il. Elles disent qu'elles ne veulent rien avoir à faire avec un homme qui essaie de les « changer ».

Jackson haussa un sourcil ironique.

— Je me demande d'où leur vient cette idée.

Wade leva la main pour prévenir un sermon qu'il avait déjà entendu des dizaines de fois — dans la bouche de ses parents et de ses frères.

— Ce n'est pas parce que tu viens de convoler en justes noces et que nos parents renouvellent leurs vœux à la fin de la semaine que je dois me passer la corde au cou, rétorqua-t-il. La vie conjugale ne me dit rien du tout.

— Ne critique pas ce que tu n'as pas essayé.

Avec un sourire en coin, Jackson marqua le mur à l'endroit où il voulait accrocher son diplôme de médecin. Ayant tout récemment accepté de revenir à Laramie pour y travailler avec sa jeune épouse, médecin elle aussi, il achevait de personnaliser son lieu de travail. Etant donné l'importance de leurs clientèles respectives, Lacey et lui avaient dû renoncer à partir en voyage de noces — mais cela ne les dérangeait pas, parce que, répétaient-ils à qui voulait les entendre, chaque minute passée ensemble était déjà une lune de miel.

— Au cas où tu l'aurais oublié, j'ai voulu essayer, rappela Wade, le visage renfrogné. Hélas, Andrea et moi n'avons pas dépassé le stade des fiançailles.

En deux coups de marteau, Jackson planta un clou dans le mur.

— Cette fille n'était pas pour toi, déclara-t-il en accrochant son diplôme. Quand tu rencontreras la femme idéale, tu le sauras, crois-moi. Tu ne te reconnaîtras plus.

Wade s'approcha de la fenêtre et contempla les immeubles de brique blanche aux auvents colorés qui bordaient les rues inondées de soleil de Laramie. Chaque fois qu'il y revenait, il était surpris par l'attachement profond qu'il éprouvait pour sa ville natale.

— Je croirais entendre maman, soupira-t-il avec exaspération.

— Elle a raison, tu sais.

Après avoir accroché son diplôme, Jackson le redressa d'une chiquenaude.

— Tu devrais…

Un léger coup à la porte l'empêcha de poursuivre. Quand il se retourna, il vit une jeune femme brune entrer d'un pas décidé.

Joy n'avait pas pris la peine de se changer pour venir en ville, constata Wade. Elle s'était contentée de refaire sa queue-de-cheval et de poser une touche de gloss sur ses lèvres. Pourtant, rien qu'en la regardant, il sentait son pouls s'accélérer, sa gorge s'assécher.

Pourquoi avait-il soudain envie de mieux la connaître et de sortir avec elle ? Et pourquoi ne pouvait-il s'empêcher d'admirer son corps svelte ?

Joy marcha droit sur lui et lui tendit un dossier.

22

— Voici l'avenant. Tout est réglé, vous n'avez plus qu'à signer.

Pour cacher le trouble qui s'était emparé de lui quand les doigts de Joy frôlèrent les siens, Wade ouvrit la chemise cartonnée et feignit de lire attentivement les feuillets dactylographiés.

— Vas-tu te décider à faire les présentations ? s'impatienta Jackson.

Sans savoir pourquoi, Wade fut soudain très heureux que son frère soit amoureux fou de sa jeune épouse.

— Joy, je vous présente mon frère Jackson, marmonna-t-il sans lever les yeux. Jackson, Joy fait partie de l'équipe qui effectue les forages sur mon ranch.

Tandis que Wade apposait sa signature au bas des documents, Joy s'approcha de Jackson et lui serra la main.

— Excusez-moi, je ne vous avais pas vu. Je suis ravie de faire votre connaissance.

Jackson la dévisagea d'un air intrigué.

— Ne nous sommes-nous pas déjà rencontrés… ?

Joy se raidit.

— J'en doute.

— Pourtant, insista Jackson, il me semble vous connaître.

— J'ai un visage très banal. On me dit toujours que je ressemble à la sœur ou à la cousine de quelqu'un, prétendit Joy avec un rire nerveux.

« Allons donc ! » pensa Wade. Joy Lynn Corbett n'avait rien d'ordinaire. Elle était inoubliable, sans aucun doute l'une des plus jolies femmes qu'il ait jamais vue. Que son frère Jackson, brillant chirurgien et ex-séducteur impénitent, ait eu la chance de la rencontrer avant lui l'agaçait au plus haut point.

Les sourcils froncés, Jackson continua de dévisager la jeune femme.

— Je n'oublie jamais un visage, affirma-t-il. Et vous n'êtes pas de Laramie, j'en suis sûr.

23

Wade saisit la balle au bond. Même si Joy n'était pas du tout son genre, il avait envie de tout savoir d'elle.

— Justement, d'où venez-vous ? s'enquit-il en empochant un exemplaire de l'avenant.

Joy prit tout son temps pour refermer la chemise contenant les deux feuillets restants.

— J'ai grandi à Fort Worth.

— C'est fou comme le monde est petit ! s'exclama Jackson. Figurez-vous que j'ai travaillé à Fort Worth jusqu'à la semaine dernière. Nous avons dû nous croiser là-bas.

Joy était sur des charbons ardents. Le frère de Wade était *très* physionomiste : ils s'étaient effectivement déjà rencontrés, lors d'une soirée organisée par la Fondation Corbett. Si elle ne détournait pas la conversation, il allait finir par se rappeler exactement où et quand il l'avait vue, et même se souvenir qu'elle avait été assise à la table d'honneur, avec tout le comité de direction de la fondation.

Et si par malheur son nom lui revenait…

Ce nom de Wyatt qui la cataloguait…

Elle se força à rire avec nonchalance.

— Je pense plutôt que vous m'avez sans doute aperçue à la station-service ou à l'épicerie de Laramie, suggéra-t-elle.

Les sourcils froncés, Jackson secoua la tête.

— Non, non. A Fort Worth .

Au grand soulagement de Joy, il oublia ses réflexions quand une femme d'une soixantaine d'années portant l'uniforme rose des infirmières entra dans son bureau sans même frapper et l'embrassa sur la joue.

— Bonjour, chéri.

Apercevant Wade, elle fonça sur lui.

— Tu es là, toi aussi. Ça tombe bien !

Le regard sévère, elle lança :

24

— J'ai laissé au moins dix messages sur ton répondeur. Toi et moi devons avoir une petite conversation.

Wade la regarda avec un mélange d'affection et d'agacement, puis soupira. D'un soupir à fendre l'âme.

— Je sais que je ne pourrai pas t'échapper éternellement, maman…

Il lui tapota l'épaule et l'embrassa sur la joue.

— … Cependant, pour l'instant, j'ai du travail…

L'air pressé, il se dirigea vers la porte.

— … Je dois étudier des rapports géologiques avec Joy.

Prenant la jeune femme par l'épaule, il la poussa dans le couloir.

— Vous venez de faire la connaissance de ma redoutable maman, Lilah McCabe, plaisanta-t-il à mi-voix.

— Bourreau des cœurs ! cria Lilah dans leur dos. Je ne te laisserai pas faire !

— Au revoir, maman !

Joy eut à peine le temps de murmurer de vagues salutations. Déjà, Wade l'entraînait.

— Que voulait dire votre mère ? demanda-t-elle quand ils arrivèrent sur le parking de l'hôpital.

Il leva les yeux au ciel.

— Elle me trouve trop exigeant avec les femmes.

— Mais vous, bien sûr, vous êtes convaincu du contraire, devina Joy.

— Disons que… si je sens que quelque chose ne va pas, j'évite de perdre mon temps.

— En d'autres termes, vous laissez froidement tomber votre petite amie.

Ils étaient arrivés devant la camionnette des Forages Wyatt.

— En d'autres termes : je suis honnête, dit calmement Wade.

— Et elles, comment voient-elles les choses ?

Il haussa les épaules.

— Je suis sûr qu'avec le recul, elles me sont reconnaissantes d'avoir mis un terme à une relation qui ne les aurait menées nulle part.

Joy ouvrit sa portière et baissa la vitre pour rafraîchir l'habitacle de la voiture garée en plein soleil.

— Bref, elles sont folles de rage.

— Elles n'ont pourtant aucune raison de l'être, assura Wade. Je prends toujours la peine de leur expliquer pourquoi j'estime que nous n'avons pas d'avenir ensemble.

— Et je suis sûre que cela crève les yeux, marmonna Joy en allant ouvrir l'autre portière pour faire courant d'air.

Ayant elle-même enduré ce genre d'explication pénible dans un passé très récent, elle plaignait toutes celles à qui Wade avait appliqué le même verdict.

Les mains sur les hanches, elle se campa devant Wade.

— Juste par curiosité, qui est le fautif, en général ?

Wade écarta les bras.

— Je n'aime pas accuser les absentes.

— Je m'en doutais, railla Joy.

Il se fit apaisant.

— En fait, la question n'est pas de savoir qui est responsable ou pas de l'échec. C'est plutôt comme dans *Cendrillon* : la pantoufle de vair ne va pas, c'est tout.

Tout à son désir d'en apprendre plus sur la personnalité de son interlocuteur, Joy oublia sa hâte de regagner le site de forage.

— Donnez-moi un exemple.

Wade la prit par la main et la conduisit à l'ombre d'un platane.

— Supposons que vous et moi sortions ensemble et que vous soyez toujours en jean et T-shirt où que nous allions.

Les bras croisés, Joy s'adossa au tronc de l'arbre.

— Je porte rarement autre chose, confirma-t-elle.

— Je commencerais par faire quelques allusions…

— Que j'ignorerais.

Wade sourit en coin. Il avait prévu cette réaction.

— Alors j'en viendrais probablement à vous dire plus franchement que vous poussez trop loin votre côté garçonne.

Ben lui avait tenu exactement ces propos, se souvint Joy, le cœur serré.

— Et ensuite, poursuivit Wade, je vous expliquerais que vous n'aurez jamais de succès auprès des hommes si vous vous comportez comme eux.

— Et moi, je vous préciserais que je n'ai aucune envie de plaire. Que je veux me consacrer à ma carrière, riposta la jeune femme.

Oui, Joy avait décidé qu'elle ne voulait plus d'homme dans sa vie. Cependant, à sa grande surprise, elle ne pouvait s'empêcher d'être touchée — troublée ? — par le charme viril de Wade. Quand il était si proche d'elle, elle sentait son corps s'émouvoir, des frissons brûlants la parcouraient.

— Ça, je l'ai senti tout de suite, murmura Wade. Ce que je me demande, c'est : pourquoi ? Pourquoi vous ne voulez pas plaire ?

— Vous n'avez pas besoin de le savoir.

Le ton sec de Joy indiquait qu'il avait touché un point sensible. Redoutant qu'elle ne fonce vers sa camionnette pour couper court à la conversation, Wade se montra moins direct.

— Que pensent vos parents de cette dévotion à votre travail ?

Joy ne put contenir un long soupir.

— Ils veulent que je change. De métier. Et que je me marie au plus vite.

Ces derniers mois, son père et sa mère se faisaient d'ailleurs de plus en plus pressants.

— Pourquoi refuser ? demanda alors doucement Wade.

3.

Joy n'avait vraiment pas envie d'expliquer que sa rupture avec Ben l'avait convaincue de bannir les hommes de sa vie. Non, vraiment pas. Elle ne souhaitait pas non plus confier à un inconnu que, quoi qu'elle fît, elle avait l'impression de ne jamais être à la hauteur des attentes et des espoirs de ses parents.

— Ce n'est pas que je sois contre le mariage en lui-même, commença-t-elle.

— Mais… ?

Wade s'appuya au tronc d'arbre, la main posée juste à côté de la joue de Joy. La jeune femme tenta d'ignorer sa proximité troublante. En vain. Il était trop grand, trop mâle. Son parfum de bois de santal et de cuir était grisant. La chaleur qui émanait de son corps musclé la bouleversait et allumait des étincelles sur sa peau.

— Eh bien, j'ai encore beaucoup à faire avant de songer à fonder un foyer, dit-elle sèchement en s'efforçant de se concentrer sur leur conversation.

— Par exemple ?

Elle détourna les yeux pour ne plus voir son sourire chaleureux. Elle ne voulait pas être attirée par ce millionnaire charismatique. Plus jamais elle ne permettrait à un homme de la faire souffrir.

— Prouver mon indépendance, réussir dans le métier que j'ai choisi.

S'apercevant qu'elle en révélait beaucoup trop sur elle-même, elle se mordit la lèvre.

— D'ailleurs, je ferais bien de retourner travailler. Et puis, Gus va s'inquiéter.

— Je vous suis, s'entendit affirmer Wade.

Car, sans savoir pourquoi, il répugnait à la quitter déjà.

Comme elle le considérait avec étonnement, il fournit la première explication qui lui vint à l'esprit.

— Je souhaite examiner les derniers prélèvements que vous avez effectués, et consulter les rapports géologiques.

— Bien sûr.

Joy était ravie de l'intérêt croissant qu'il portait aux forages. Elle était certaine qu'il serait aussi enthousiaste et optimiste qu'elle au vu de tous les documents qui laissaient supposer la présence d'un gisement sous son ranch. Alors, frémissante d'excitation, elle effectua en un temps record les quarante kilomètres qui les séparaient du site.

Wade n'aurait pas pu acheter une habitation plus insolite, songeait-elle en s'engageant sur le chemin qui traversait le ranch. Certes, comme dans la plupart des exploitations de la région, la maison de maître était flanquée de nombreuses dépendances — écuries, étables et remises —, cependant, elle était atypique par bien des aspects. Très coquette, par exemple, avec son toit d'ardoises rondes, ses volets lavande, ses jardinières, ses balconnières débordant de géraniums et son jardinet fleuri de clématites et de roses... Elle aurait mieux convenu à une vieille dame anglaise qu'à un millionnaire texan en quête de bénéfices pétroliers !

En apparence.

Car, en fait, c'était bien pour la richesse du sous-sol que Wade avait acheté le ranch. Pour ce qui était d'élire domicile quelque part, il avait préféré acheter et aménager une luxueuse villa à Houston — sans compter tous les pied-à-terre dont il disposait partout au Texas.

Comme Joy se garait au pied de la tour de forage, le hurlement d'une sirène d'alarme retentit. Wade descendit de voiture comme une fusée et leva les bras au ciel.

— Ça y est, les ennuis commencent ! Et Big Jim n'est pas là !

— Ne vous inquiétez pas, lui cria Joy en courant vers le levier de commande du trépan.

Dieter, Ernie et Gus la rejoignirent sur la plate-forme juste comme les moteurs s'arrêtaient.

— Ce maudit trépan se bloque constamment, se lamenta Dieter.

Le visage inquiet, Ernie soupira :

— Je ne comprends pas ce qui se passe.

— Nous avons touché une poche de sable et cela a grippé le mécanisme, murmura Joy, soucieuse.

— Que devons-nous faire ? interrogea Dieter.

Elle n'hésita pas une seconde.

— Il faut sortir le trépan et le nettoyer. Et ensuite, rincer soigneusement le puits pour éliminer toute trace de sable.

— Cela risque de nous retarder beaucoup, objecta Dieter en s'épongeant le front du dos de la main.

— De plusieurs heures, renchérit Ernie.

— Mais à long terme, nous gagnerons du temps, répliqua calmement Joy.

Gus mit un terme à la discussion.

— Joy a raison, trancha-t-il. Au travail, les gars.

Rassurée de voir le vieux foreur prendre la situation en main, Joy conduisit Wade dans son bureau.

— Comment se fait-il que vous en sachiez autant sur les techniques de forage ? demanda-t-il sans pouvoir cacher son étonnement.

Joy haussa les épaules et commença à rassembler les dossiers concernant la trajectoire du forage, les modifications apportées à la composition des boues et les différents tests acoustiques et sismiques réalisés depuis le début des opérations.

— J'ai appris sur le terrain.

Wade s'intéressait plus à elle qu'au contenu des classeurs qu'elle empilait sur son bureau.

— A Fort Worth ?

Joy comprit que si elle n'apaisait pas sa curiosité, elle allait éveiller ses soupçons.

— Mes parents sont divorcés, raconta-t-elle en lui tendant la chemise contenant l'analyse des échantillons de roche prélevés le matin même. Mon père m'emmenait souvent à son travail quand j'étais avec lui.

Une fois assise devant l'ordinateur, elle fit la grimace en découvrant les mémos que Gus avait collés sur l'écran. Trois des cinq messages émanaient de sa mère.

— Votre mère ne devait pas approuver sa manière de vous occuper, dit Wade.

Joy soupira longuement.

— Elle était furieuse, mais elle ne pouvait rien y faire. Le juge avait décidé que je passerais toutes mes vacances scolaires avec mon père.

Pour couper court à cette conversation personnelle — et très imaginative… —, elle indiqua la pendule accrochée au mur.

— En parlant de mère, il me semble que la vôtre souhaitait vous parler. Il se fait tard.

Wade haussa les épaules.

— Je ne suis pas pressé d'entendre encore une fois la liste de toutes les raisons pour lesquelles je dois me marier. Mais vous avez raison, ajouta-t-il avec un soupir, je dois partir.

Quand Wade rejoignit ses parents dans la salle de conférences de l'hôpital, le photographe qu'il avait tout spécialement fait venir de Houston était déjà à pied d'œuvre.

— Je reste convaincue que ces photos sont inutiles, maugréa Lilah en ajustant son badge sur sa blouse rose.

— Moi aussi, marmonna John.

Wade s'installa sur un tabouret et les regarda prendre la pose devant un écran bleu.

— Ce portrait fera très bien dans le hall de la nouvelle aile pédiatrique, affirma-t-il.

John leva les yeux au ciel.

— Je doute que les patients et le personnel aient envie de nous voir tout le temps après notre départ à la retraite.

— Tu te trompes, protesta calmement Wade. Tout le monde sait que, sans vous, cet hôpital n'aurait jamais vu le jour.

Durant toute leur carrière, John et Lilah s'étaient battus avec acharnement pour que les habitants de Laramie bénéficient des meilleurs soins médicaux.

John fit un clin d'œil à son épouse.

— Notre portrait serait plus à sa place dans la salle de repos, comme cible pour le jeu de fléchettes.

Quand Lilah éclata de rire, le photographe prit plusieurs clichés en rafale. Ce n'était pas le portrait classique que Wade avait commandé mais, tout compte fait, pensa-t-il, il valait mieux que ses parents soient au naturel : un couple gai et uni.

— Alors, maman, où en es-tu de l'organisation de la soirée d'enterrement de ta vie de célibataire ? s'enquit-il pendant que le photographe faisait déplacer ses parents devant l'affiche d'un coucher de soleil.

— J'ai réservé le Remington Bar & Grill pour samedi soir, informa Lilah en passant amoureusement un bras autour de la taille de son mari.

— D'après ce que j'ai entendu dire, l'ambiance sera torride, plaisanta ce dernier.

Le rose aux joues, Lilah le regarda avec adoration.

— Ce sont des rumeurs. J'ai juste prévu un petit dîner tranquille entre filles.

Après avoir pris trois autres clichés, le photographe entraîna ses modèles devant des montagnes enneigées.

— Tu as invité les filles Lockhart. Avec elles, aucune soirée n'est tranquille, déclara John.

Lilah se lova amoureusement contre lui.

— Je suis tellement contente qu'elles puissent venir toutes les quatre !

Elle se redressa et fixa son fils.

— A propos, aucune n'est mariée et…

— Je sais ce que tu espères, coupa Wade. Tu perds ton temps, maman.

Il considérerait toujours ses anciennes voisines comme des sœurs. Pourtant, Lilah refusa de se laisser décourager.

— Elles ont sans doute des amies qui…

Désireux de couper court aux projets matrimoniaux de sa mère, Wade changea précipitamment de sujet.

— Je sais que Meg est infirmière et qu'elle revient s'installer à Laramie. Et Jackson m'a appris que Jenna est styliste. Que deviennent Kelsey et Dani ?

— Dani est critique de théâtre pour un hebdomadaire de San Antonio, répondit Lilah. On la dit très douée, même si aucune histoire d'amour, amusante ou dramatique, n'a jamais eu l'heur de lui plaire.

Elle soupira longuement.

— D'après ses sœurs, elle fuit les hommes comme la peste et elle vit en recluse.

Wade se frotta pensivement le menton. Cette description ne correspondait pas du tout à la jeune fille boute-en-train et espiègle qui avait été de toutes les fêtes.

— Un chagrin d'amour a dû la rendre méfiante.

Sa mère hocha la tête.

33

— C'est ce que j'ai pensé.

— Et Kelsey ? demanda-t-il.

Lilah et John échangèrent un long regard.

— Kelsey est dans l'impasse, répondit John. Elle ne sait pas ce qu'elle veut faire, elle change constamment de voie. Aux dernières nouvelles, elle voulait se lancer dans l'élevage des chevaux.

— Elle s'y connaît ? s'étonna Wade alors que l'éclair du flash éclairait la salle.

— Autant que toi, c'est-à-dire pas du tout, répliqua Lilah tout en souriant à l'objectif. Mais elle va quand même essayer.

Wade hocha la tête. La benjamine de la famille Lockhart avait toujours été obstinée à l'extrême.

Avec un grand sourire, le photographe rangea son appareil dans sa sacoche.

— J'ai ce qu'il me faut.

— Tant mieux ! s'écria John avec soulagement.

Lilah s'approcha de Wade et lui tapota le bras.

— Chéri, fais-moi plaisir, viens dîner chez nous ce soir. Si tu as peur de t'ennuyer avec tes vieux parents, je peux inviter une jeune f…

— C'est inutile, coupa précipitamment Wade en devinant qu'elle voulait encore lui présenter une épouse potentielle. Je sais qui amener.

— Une mijaurée sans cervelle ? s'inquiéta John.

Lilah lui donna un coup de coude pour l'inciter à plus de subtilité.

— Ce que ton père veut dire, reprit-elle avec un sourire apaisant, c'est qu'aucune de tes relations habituelles n'apprécierait le repas sans façon que je compte préparer. Mais je connais une charmante jeune f…

« Plutôt mourir que d'accepter de tomber dans ce traquenard ! » pensa Wade avec un haut-le-corps.

— Ta, ta, ta ! La jeune femme que je veux inviter, moi, sera ravie de savourer un dîner fait maison, assura-t-il.

Assis sur le coin du bureau des Forages Wyatt, Wade détailla Joy avec amusement. Elle venait d'inspecter le trépan avec Gus. Sa queue-de-cheval était à moitié défaite, des mèches folles collaient à ses joues rougies par l'effort. Elle avait du cambouis sur le menton et plein les mains. Son T-shirt était trempé de sueur et ses bottes étaient couvertes de poussière. Elle ressemblait à un enfant qui a joué toute la journée dans la terre.

— Vous avez entendu ? s'enquit-il avec insistance quand une minute s'écoula sans qu'il obtienne de réponse à son invitation.

Joy ôta son casque de chantier et s'essuya le front d'un revers de main.

— Vous voulez m'emmener dîner chez vos parents, répéta-t-elle d'une voix monocorde.

Il hocha la tête et précisa :

— Ce soir.

— Pourquoi ?

Il la dévisagea attentivement, se demandant une fois de plus ce qui le fascinait tant chez elle, alors qu'elle n'était pas du tout son genre.

— Pourquoi pas ? répondit-il en écho.

— Je n'ai rien à me mettre.

— Vous êtes très bien comme ça.

Wade savourait d'avance le plaisir qu'il aurait à voir sa marieuse de mère muette de stupéfaction devant la tenue de chantier de son invitée !

Les sourcils froncés, Joy dénoua le bandana qu'elle portait autour du cou et s'en tamponna le visage.

— Monsieur le millionnaire veut m'emmener chez ses parents habillée comme je le suis ?

Wade confirma d'un bref hochement de tête.

— Exact.

Les poings sur les hanches, Joy se campa devant lui et insista.

— Qu'est-ce que vous avez en tête ?

Il haussa les épaules et prit un air innocent.

— Vous avez travaillé dur toute la journée. Alors, je pensais qu'un bon repas vous ferait plaisir...

La réticence de son interlocutrice le surprenait autant qu'elle l'irritait. En général, les plus jolies femmes se battaient pour sortir avec lui ! Mais elle, ce garçon manqué, se comportait comme s'il l'avait insultée !

— A d'autres ! lança vertement Joy. Je sais que vos motivations n'ont rien de généreux.

— On peut dire que vous ne mâchez pas vos mots.

Elle darda sur lui un regard encore plus méfiant.

— Votre invitation n'aurait-elle pas un rapport avec la petite conversation que votre mère tient à avoir avec vous ?

Wade comprit qu'il avait intérêt à jouer franc-jeu s'il voulait que Joy accepte de dîner avec lui. Or, sans savoir pourquoi, il tenait soudain énormément à sa compagnie ce soir.

— Disons que mes parents souhaitent que je fréquente des jeunes femmes moins... superficielles, moins mondaines.

« Et aussi plus intelligentes et plus sensées », ajouta-t-il *in petto*. Autrement dit, des femmes dont il ne se lasserait pas après quelques nuits au plus.

Mais depuis qu'il avait douloureusement pris conscience qu'il n'était pas fait pour les relations durables, il refusait catégoriquement de s'attacher. Comme Joy semblait avoir la même réticence que lui à l'égard des histoires d'amour, cela tombait très bien.

— Je voudrais leur faire plaisir, conclut-il.

— Quel fils attentionné ! ironisa Joy.

— J'essaie de l'être. Du fond du cœur. Alors, acceptez-vous mon invitation ?

Avant même que son interlocutrice n'ouvre la bouche, Wade crut qu'elle allait refuser.

— Eh bien...

Mais Joy s'interrompit et rougit alors que Gus entrait dans le bureau.

— ... Je serai ravie de dîner chez vos parents, dit-elle finalement.

Joy perçut l'étonnement des deux hommes. De toute évidence, ils s'étaient attendus qu'elle refuse de mélanger le travail et le plaisir.

Et en temps normal, c'était sa ligne de conduite. Mais les circonstances étaient pour le moins exceptionnelles. En effet, un seul regard à Gus, et elle avait compris que le vieux foreur affrontait une vraie crise de conscience et venait faire des aveux complets à McCabe. Accepter l'invitation était donc le seul moyen de faire diversion et de réduire Gus au silence.

— Laissez-moi le temps de me changer et de régler un petit problème avec Gus, reprit-elle.

Après avoir tendu à Wade le dossier contenant les résultats des derniers tests gravimétriques, elle fit signe à Gus de la suivre hors du bureau.

— Je peux savoir ce que tu fais ? s'écria Gus dès qu'ils entrèrent dans le mobile home qu'elle avait aménagé pour y vivre.

— Je garde la porte du succès ouverte, répondit-elle calmement.

Elle était allée trop loin, elle avait pris trop de risques pour faire machine arrière maintenant. Il *fallait* qu'elle réussisse. Sinon, comment pourrait-elle encore regarder en face son phénomène de père ?

— As-tu pensé à Big Jim ? interrogea Gus. Tu joues sa réputation à la roulette russe.

— Comme si je ne le savais pas !

Joy secoua la tête.

— Je veux que mes parents soient fiers de moi.

Certes, son père serait hors de lui quand il découvrirait qu'elle avait imité sa signature et accepté un contrat de forage sans son accord. Cependant, si elle trouvait du pétrole, il finirait par oublier sa colère et la féliciter.

— Ne gâche pas tout maintenant, pria-t-elle en ôtant ses bottes.

Prenant une brosse sous l'évier, elle les frotta vigoureusement.

— Accorde-moi quelques jours. Nous allons trouver du pétrole, Gus. Je le sens.

Le foreur regarda la tour de forage par la fenêtre.

— Nous rencontrons beaucoup de problèmes sur ce site, soupira-t-il en se massant la nuque.

— Wade sait que nous pouvons les résoudre, il nous fait confiance, répliqua Joy. Sinon, il ne m'inviterait pas à dîner.

— Je n'en suis pas si sûr.

— Moi si !

Joy se mit sur la pointe des pieds et l'embrassa sur la joue.

— Tout ira bien, affirma-t-elle avec optimisme. Tu verras.

Pour couper court à toute protestation, elle poussa le vieil homme hors du mobile home et ferma la porte. Puis elle courut s'enfermer dans la salle de douche.

Dix minutes plus tard, elle passait la tête par la porte du bureau.

— Je suis prête !

— Vous avez déjà réglé votre problème avec Gus ? s'étonna Wade.

Elle haussa les épaules.

— Ce n'était pas grand-chose. En fait, Gus voulait s'assurer que je savais ce que je faisais en acceptant de sortir avec vous. Je lui ai répondu que oui.

— C'est tout ? insista Wade d'un ton soupçonneux.

Elle se força à soutenir son regard pénétrant.

— Je ne vois pas quel autre problème nous pourrions avoir.

Si Lilah et John McCabe furent surpris par la tenue et le style de l'invitée de leur fils, ils n'en laissèrent rien paraître. La cordialité de leur accueil dissipa la nervosité de Joy qui cessa de se demander si elle avait bien fait d'accepter l'invitation de Wade, surtout dans le seul but d'empêcher Gus de passer aux aveux.

Après avoir fermé la porte d'entrée, John fit un clin d'œil à Joy et tapota l'épaule de son fils.

— Nous savons tous que tu peux faire face à toutes les situations, Wade. Mais à mon avis, ce soir risque d'être l'exception.

— Tu me sous-estimes, répliqua suavement Wade.

Un sourire entendu aux lèvres, Lilah passa son bras sous celui de Joy.

— Venez m'aider à finir de préparer le dîner.

— Avec plaisir, dit la jeune femme.

Dans un élan de franchise, elle ajouta :

— Mais je vous préviens, je risque de ne pas vous être d'une grande utilité.

Ses connaissances culinaires se limitaient en effet aux sandwichs et aux salades.

Lilah lui tapota gentiment la main.

— Vous allez juste vous occuper de la sauce pour le poulet frit. Vous verrez, cela n'a rien de sorcier.

Après avoir mis un plat de poulet frit à réchauffer dans le four, elle piqua une des pommes de terre qui cuisaient dans une marmite et hocha la tête avec satisfaction.

— Je suis certaine que vous vous en sortirez très bien.

Suivant ses indications, Joy s'arma d'une cuiller de bois et fit fondre du beurre dans une casserole.

— Soyez gentille, dites-moi ce que mon fils vous a promis pour vous convaincre de dîner chez nous, demanda Lilah en allant prendre une bouteille de lait dans le réfrigérateur.

« Tout compte fait, les leçons de morale de Gus auraient été moins embarrassantes que ce genre de question », pensa Joy.

— Pourquoi pensez-vous que Wade m'ait proposé autre chose que le plaisir d'une soirée en agréable compagnie ? demanda-t-elle pour gagner du temps.

Lilah ajouta de la farine au beurre fondu puis égoutta les pommes de terre dans l'évier.

— Je connais mon fils. Il est convaincu que la vie se résume à l'argent et à la réussite. En fait, il se prend pour le roi Midas.

S'apercevant que le pâton de beurre et de farine durcissait, Joy tourna sa cuiller de bois avec plus de vigueur.

— Jusqu'à présent, poursuivit Lilah, Wade a réussi tout ce qu'il a entrepris. Du moins en affaires. En ce qui concerne sa vie privée, en revanche…

Avec un soupir désolé, elle versa un filet de lait dans la casserole. Joy redoubla d'application pour éviter la formation de grumeaux.

— Restez loin de mon fils, Joy. Du moins pour le moment.

Wade et son père entrèrent dans la cuisine juste à temps pour entendre ce conseil.

— Tu insinues que je ne suis pas fréquentable ? s'indigna Wade.

— Avec raison, confirma-t-elle sans l'ombre d'un remords. Tu ne traites pas les femmes avec la gentillesse et la déférence qu'elles méritent.

John McCabe s'activa lui aussi devant les fourneaux. Après avoir coincé un torchon dans la ceinture de son pantalon, il goûta les haricots blancs qui mijotaient sur le coin du feu puis rectifia leur assaisonnement.

— Tu es trop sévère avec notre fils, reprocha-t-il. Il n'a pas *toujours* été désagréable avec les femmes. C'est Sandra qui lui a fait oublier ses bonnes manières.

Wade le foudroya du regard.

— Nous étions d'accord pour ne plus aborder ce sujet.

Joy tendit l'oreille. Elle mourait d'envie d'en savoir plus sur le passé sentimental de Wade McCabe.

Lilah commença à écraser les pommes de terre dans un saladier.

— C'est toi qui ne veux plus en parler, corrigea-t-elle fermement. Parce que tu souffres encore.

Le visage crispé par l'exaspération, Wade remplit une carafe d'eau et la posa sur la table couverte d'une nappe à carreaux bleus et blancs, à côté du bouquet de fleurs des champs disposé dans un pot de grès.

— J'ai tourné la page, affirma-t-il entre ses dents.

Lilah ajouta du lait et du beurre dans le saladier.

— Alors pourquoi, depuis cinq ans, sors-tu uniquement avec des débutantes insignifiantes et de riches héritières sans cervelle ?

Joy se raidit.

— Vous avez quelque chose contre les débutantes et les héritières ? demanda-t-elle d'un ton détaché en espérant que personne ne remarquerait la rougeur de ses joues.

Lilah posa la purée sur la table.

— Juste contre celles qui ont un pois chiche dans la tête. Malheureusement, Wade ne fréquente plus que ce genre de femme.

Soutenant sans ciller le regard furibond de l'intéressé, elle déclara :

— Je veux voir tous mes fils mariés. Tous.

— Alors occupe-toi de mes frères, pour changer, rétorqua Wade avec irritation.

— C'est ce que je fais, mais…

Les trois McCabe pivotèrent d'un bloc alors qu'une odeur de brûlé se répandait.

— Mon Dieu !

Comme une flèche, Lilah se précipita vers la cuisinière entourée d'une fumée noirâtre. Joy ferma les yeux avec un gémissement consterné.

Elle avait oublié la sauce.

— Je suis vraiment désolée pour la sauce, s'excusa Joy quand Wade la raccompagna au site de forage.

— Ce n'est rien, assura-t-il en l'aidant à descendre de voiture. Elle n'était pas indispensable.

La jeune femme secoua la tête.

— Nous savons tous les deux que le poulet frit sans sauce est comme un cornet sans glace.

Wade haussa les épaules.

— Grâce à vous, nous avons limité notre apport en calories, affirma-t-il d'une voix basse et sensuelle.

Arrivée près de son mobile home, Joy ralentit le pas. Elle n'avait pas envie de mettre un terme à une soirée très agréable. Et Wade ne semblait pas pressé de partir.

— C'est une manière de voir les choses, murmura-t-elle en admirant ses traits virils dans la faible lumière du crépuscule.

D'une main douce, Wade repoussa derrière son oreille une mèche qui s'était échappée de sa queue-de-cheval.

— Mes parents vous ont beaucoup appréciée.

Joy sourit.

— Ils sont adorables.

— Allez-vous accepter leur invitation et retourner dîner chez eux sans moi ? voulut savoir Wade.

Les yeux plongés dans son regard tendre, elle frissonna légèrement.

— Cela vous ennuierait ?

— En fait, ce qui me chagrine, c'est qu'ils me préfèrent mon invitée.

Le cœur de la jeune femme s'arrêta puis repartit au triple galop alors que Wade se penchait vers elle. Allait-il l'embrasser ?

— Vous exagérez, dit-elle d'une voix sourde.

Elle fut irritée d'être beaucoup plus déçue que soulagée quand il indiqua une boîte posée devant sa porte.

— Vous avez reçu un colis.

— Cela vient de ma mère, murmura-t-elle en reconnaissant l'écriture sur le papier kraft.

Serrant le paquet sur sa poitrine pour empêcher son compagnon de lire le nom et les coordonnées de l'expéditeur, elle plaisanta :

— Si j'ai de la chance, elle m'a envoyé des vêtements propres.

Puis, redoutant que Wade ne l'encourage à ouvrir le colis devant lui, elle ajouta :

— En parlant de lessive, je ferais bien de m'occuper de la mienne. Au revoir, Wade, merci pour le dîner. J'ai passé une excellente soirée.

Wade lui sourit avec malice.

— Je n'ai pas droit à un dernier verre ?

Rassemblant toute sa volonté, elle secoua la tête.

— Il est tard, une autre fois. Bonne nuit.

Pour être certaine de ne pas céder à la tentation de prolonger leur soirée, elle se précipita dans son appartement et ferma la porte. Quelques secondes plus tard, elle entendit une portière claquer puis un moteur démarrer.

Sa mère lui avait envoyé une robe du soir, constata-t-elle après avoir ouvert le paquet. Un magnifique fourreau de soie mauve brodé de minuscules pétales de roses.

Cela faisait une éternité qu'elle n'avait pas porté ce genre de vêtement. Cela lui manquait, reconnut-elle en lissant d'une main, admirative, la jupe de la robe. Certes, elle détestait les bals et les soirées mondaines. Mais elle aurait aimé se sentir belle et femme jusqu'au bout des ongles de temps en temps. Depuis qu'elle travaillait pour les Forages Wyatt, elle ne portait plus que des jeans, des T-shirts ou des chemises et des bottes.

Wade en tomberait à la renverse s'il la voyait en robe du soir !

Si toutefois il la reconnaissait ! Riant de bon cœur à cette pensée, Joy sortit le fourreau de sa boîte et le tint devant elle. Comme elle s'approchait du miroir accroché derrière la porte d'entrée du mobile home, elle vit Wade pétrifié derrière la fenêtre.

4.

Gênée d'avoir été surprise en flagrant délit de coquetterie, elle le fit entrer et tenta de plaisanter.

— Cette fois, ma mère s'est surpassée.

Après avoir posé son Stetson sur la table, il lui tendit le dossier qu'elle avait oublié dans son 4x4.

— Cette robe ne vous plaît pas ?

— Elle n'est pas pour moi.

— Vous ne le saurez que si vous l'essayez.

La gorge sèche, Joy fixa les larges épaules de son compagnon. Il était si grand, si imposant qu'il emplissait son salon par sa seule présence.

— Ne soyez pas ridicule !

Elle n'allait pas se pavaner en robe haute couture dans un mobile home ou sur le site ! Gus et les autres en hurleraient de rire.

Le regard intense, Wade se pencha vers elle.

— Soyez franche, vous avez peur d'adorer cette robe, dit-il doucement.

Elle recula vivement pour ne plus sentir la caresse de son souffle sur sa joue.

— Bien sûr que non !

— Alors pourquoi ne pas la passer ?

Cette fois, Joy ne put résister au défi.

— D'accord. Mais vous verrez que j'ai raison : je ne suis pas faite pour ce genre de vêtement.

La robe et la boîte sous le bras, elle se dirigea vers sa chambre.

— Il faut seulement que les bonnes circonstances soient réunies, affirma Wade en lui emboîtant le pas.

Elle leva les yeux au ciel.

— Elles ne le seront jamais.

— Je n'en suis pas si sûr.

Debout devant la porte de sa chambre, il la regarda s'asseoir sur son lit pour ôter ses bottes.

— Si nous trouvons du pétrole demain, dit-il avec un air malicieux, je vous inviterai tous à Houston pour fêter l'événement.

Il agita l'index.

— Donc vous aurez besoin de cette robe.

Joy refusa de lui laisser le dernier mot.

— Un dîner dans une pizzéria de Laramie suffira amplement.

— Je doute que Gus et les autres soient de votre avis.

Effectivement, admit Joy en silence. Son équipe voudrait célébrer en grande pompe le couronnement de leurs efforts. Cependant, elle n'allait pas faire à Wade le plaisir de reconnaître qu'il avait raison.

S'apercevant tout à coup que sa chambre était dans un désordre indescriptible, elle se releva et poussa Wade dans le salon.

— Allez vous asseoir sur le canapé, cow-boy.

De retour dans sa chambre, elle ôta rapidement sa chemise et son jean. Un seul regard au décolleté de la robe lui apprit qu'elle ne pouvait pas garder son soutien-gorge. Elle soupira de plaisir quand la soie glissa sur sa peau dans un doux bruissement.

Lorsqu'elle s'examina dans le miroir de la penderie, elle hocha la tête. Le fourreau lui allait parfaitement. Cependant…

46

Elle soupira longuement. Ses joues et son nez brûlés par le soleil étaient criblés de taches de rousseur, ses cheveux avaient besoin d'une bonne coupe. Quant à ses mains…

Mon Dieu, elle avait tout simplement l'air d'une sauvageonne !

Pour être prise au sérieux dans l'univers essentiellement masculin de l'exploration pétrolière, elle soignait son image de garçon manqué. Cependant, en secret, elle aurait aimé pouvoir se délasser de temps en temps dans un long bain moussant, s'accorder le luxe d'être coquette et essayer une nouvelle coiffure ou se maquiller juste pour le plaisir de se sentir jolie et séduisante.

Allons, pas d'apitoiement ! Wade McCabe ne *devait* pas savoir qu'elle était très féminine, en dépit des apparences. Il ne devait voir en elle qu'une foreuse obsédée par son travail et indifférente à son image.

Et puis de cette façon, et tant que leurs relations resteraient strictement professionnelles, elle pourrait combattre l'attirance croissante qu'il lui inspirait.

Une fois prises ces résolutions de garder son client à distance et de se montrer sage, elle décida de rester en chaussettes et de ne pas se recoiffer. Après avoir pris une profonde inspiration, elle sortit de sa chambre et se prépara à endurer les éclats de rire de Wade sans broncher.

Sachant Joy très bien faite, Wade s'était certes attendu à la trouver jolie en robe.

Mais il fut ébloui. Elle était carrément belle à couper le souffle.

Ce fourreau semblait avoir été créé pour elle. Il lui allait à la perfection. Les dégradés de mauve flattaient le hâle doré de sa peau, le bustier ajusté soulignait sa gorge ronde, le drapé savant de la jupe attirait le regard sur la finesse de sa taille et le galbe sensuel de ses hanches, tandis qu'une fente audacieuse laissait entrevoir ses cuisses fuselées.

Comme la jeune femme avançait vers lui, il s'aperçut que ses seins bougeaient librement sous le tissu. Sa gorge s'assécha, son cœur s'arrêta puis repartit au triple galop.

Elle n'avait rien fait pour être à son avantage, constata-t-il en remarquant les chaussettes de tennis qui dépassaient du fourreau. Elle ne s'était même pas donné un coup de peigne. Pourtant, elle respirait la fraîcheur et la grâce naturelle. Et elle était incroyablement sexy.

Tellement, qu'il ne put résister à l'envie de l'enlacer par la taille pour l'attirer contre lui.

— Que faites-vous ? dit-elle, surprise.

— Je corrige un petit détail, murmura-t-il en tirant sur l'élastique qui emprisonnait ses cheveux.

Passant une main dans leur épaisseur soyeuse, il les fit cascader sur les épaules nues de la jeune femme. Avant de commenter avec un sourire satisfait :

— Voilà qui est parfait.

Joy lui décocha un regard noir.

— J'en doute.

— Regardez-vous.

Resserrant son étreinte, il entraîna sa compagne vers le miroir.

— Vous êtes superbe. Vous êtes faite pour ce genre de robe.

— Certainement pas !

Joy repoussa son bras avec colère. Il en resta perplexe et la contempla. En dépit de tous ses efforts, il ne comprenait pas pourquoi elle réagissait comme si c'était un crime d'être féminine, élégante et sophistiquée… Pourtant, il déclara avec assurance, et armé d'un sourire viril :

— Vous vous trompez. Moi je sais que vous êtes très femme, Joy. Ici…

48

Il lui effleura la tempe.

— … et ici.

Il frôla l'endroit où le cœur de la jeune femme palpitait follement.

— Quand allez-vous cesser de le nier et vous autoriser à être vous-même ?

— C'est-à-dire ? demanda Joy dans un souffle.

Plongeant son regard de braise dans celui de sa compagne, il la ramena contre lui.

— Une femme qui me plaît énormément.

Alors même que, du pouce, il caressait ses lèvres en légers va-et-vient, Wade ne rêvait déjà plus que de savourer la passion d'un baiser.

Un baiser, un seul ? Non, car il y en aurait d'autres, beaucoup d'autres, se promit-il quand sa compagne s'abandonna à son étreinte avec un gémissement de plaisir.

Joy se sentit perdre pied. Wade butinait ses lèvres, explorait sa bouche, et elle n'était plus que sensations exquises.

Eperdue d'émerveillement et de plaisir, elle noua les bras autour du cou de son compagnon pour mieux s'offrir à son baiser.

C'était si bon d'être ainsi désirée, de se fondre contre le corps solide et dur d'un homme, de se laisser emporter par le torrent impétueux du désir !

Mon Dieu, elle avait attendu ce baiser-là toute sa vie, songea-t-elle. Oui, dans les bras de Wade, elle se sentait renaître. Non, naître. A la féminité, à la passion. Les défenses qu'elle avait érigées autour d'elle depuis si longtemps et qui l'embarrassaient se lézardaient enfin ! Quelle sensation enivrante !…

Et inquiétante.

De très loin, elle perçut les protestations de sa raison. Certes, elle avait souhaité ce qui lui arrivait, elle en était heureuse, mais tout allait trop vite. Beaucoup trop vite. Surtout, cela lui arrivait avec un client ! Elle qui s'était promis de s'en tenir au business, voilà qu'elle dérapait…

Il était grand temps de se ressaisir.

Elle rassembla sa volonté chancelante, repoussa Wade, qui la dévisagea avec stupéfaction. Forcément, il ne pouvait pas comprendre ce brusque revirement.

— Vous n'auriez pas dû faire ça, affirma-t-elle en reprenant contenance.

A en juger par son regard, ils auraient dû faire bien plus, au contraire. Elle aussi aurait adoré rester dans ses bras, savourer ses baisers et le suivre sur le chemin du plaisir qu'il voulait lui faire découvrir. Sans trop savoir pourquoi, elle avait la certitude que Wade était l'homme dont elle avait toujours rêvé, celui qui saurait la faire femme, combler son corps, son cœur, son âme. Hélas, il n'en était pas question.

Pour s'occuper les mains, elle refit sa queue-de-cheval en tremblant.

Wade lui sourit avec indulgence.

— Quelle que soit votre coiffure, vous me plaisez toujours autant.

Posant une main douce mais ferme au creux de ses reins, il la ramena contre lui et l'embrassa encore. Et de nouveau, elle chavira, aussitôt précipitée dans l'abîme vertigineux de la passion.

Seigneur, s'ils continuaient de la sorte, pensa Joy dans un dernier accès de lucidité, ils allaient finir dans un lit. Elle devait absolument se reprendre, trouver un moyen d'étouffer le feu, de calmer le jeu.

Saisie d'une inspiration, elle s'écarta et demanda :

— Dites… Qui est Sandra ? Pourquoi ne supportez-vous pas qu'on mentionne son nom ?

Le résultat ne se fit pas attendre.

— On peut dire que vous savez refroidir les ardeurs d'un homme, soupira Wade.

« Et vous, vous savez enflammer une femme », répliqua Joy en silence.

Espérant qu'il ne remarquerait pas qu'elle frissonnait encore de désir et de frustration, elle se détourna pour aller allumer le plafonnier.

— Je vous écoute, insista-t-elle. Que vous a-t-elle fait ?

Dans la lumière crue qui inondait le salon, elle vit Wade froncer les sourcils. Il était manifestement furieux qu'elle ait l'audace d'aborder un sujet qu'il avait déclaré tabou.

— J'ai l'air de vouloir en parler ? lança-t-il en s'adossant les bras croisés au buffet qui séparait la cuisine du salon.

— D'accord, ne me dites rien.

Joy haussa les épaules.

— Je poserai quelques questions en ville. Il y aura bien quelqu'un qui pourra éclairer ma lanterne.

Les dents serrées, Wade s'approcha d'elle et la domina de sa haute taille.

— A votre place, je ne ferais pas ça.

Refusant de se laisser intimider, elle prit un air narquois.

— Vous avez peur ?

Elle espérait de tout son cœur que ses questions indiscrètes contribueraient elles aussi à refroidir Wade, qu'il allait reprendre ses distances. Décidément, ils n'auraient pas dû s'embrasser. Il était un client, elle lui devait un résultat. Se laisser aller dans ses bras ne pouvait que compliquer une situation déjà difficile.

Avec un profond soupir, Wade revint vers le buffet.

— C'était ma fiancée, dit-il, le regard dans le vide.

Joy ne savait si elle devait se réjouir ou être consternée qu'il acceptât de donner un tour personnel à leur conversation. Mais, emportée par sa curiosité, elle demanda :

— Pourquoi avez-vous rompu ?

51

Et pourquoi ne supportait-il même pas d'entendre le nom de Sandra ?

Wade joua distraitement avec les feuilles d'une plante en pot.

— Elle m'a trompé, lâcha-t-il.

Le regard toujours lointain, il poursuivit :

— En rentrant à l'improviste d'un voyage d'affaires, je l'ai trouvée dans les bras d'un autre homme.

Joy imaginait sans mal son humiliation et sa souffrance. Le cœur serré par la compassion, elle s'approcha de lui et lui effleura gentiment la main

— Cela a dû être terrible.

Wade acquiesça d'un bref hochement de tête.

A cet instant, si elle s'était écoutée, Joy aurait effacé d'une caresse — non, d'un baiser — les rides d'amertume qui encadraient la bouche sensuelle de Wade. Alors, pour s'en empêcher, elle croisa les bras et recula de quelques pas.

— Sandra vous a-t-elle donné une explication ?

— Elle m'a reproché de l'aimer moins que ma fortune.

Joy n'eut aucun mal à interpréter les émotions qu'elle lisait sur le visage de son compagnon. Et pour cause : elle avait éprouvé les mêmes après sa rupture avec Ben. Comme Wade, elle avait alors été torturée par le remords et les regrets, elle s'était reprochée de n'avoir pas été assez attentive, de n'avoir pas compris que quelque chose n'allait pas, de n'avoir pas réagi à temps. Comme lui, elle avait vu ses illusions s'écrouler.

— C'était vrai ? demanda-t-elle d'une voix très douce.

Le visage sombre, Wade se mit à marcher de long en large.

— Peut-être… Je ne sais pas.

Passant une main dans ses cheveux, il s'écria d'une voix vibrante de frustration et de ressentiment :

— Le pire, c'est qu'elle ne m'avait jamais dit ou montré qu'elle se sentait négligée. Elle ne m'a pas donné ma chance de remédier à la situation. Au lieu de se confier à moi, elle m'a trahi.

Et cela, devina Joy, il ne parvenait ni à le comprendre ni à le pardonner. Voilà pourquoi, si ce que disaient ses parents était vrai, il faisait en sorte de ne fréquenter que des femmes auxquelles il ne risquait plus de s'attacher.

Là encore, Joy comprenait d'autant mieux sa réaction qu'elle avait eu la même. Après Ben, elle avait décidé de se consacrer à son travail et de ne plus jamais laisser de place à un homme dans sa vie ni dans son cœur.

— Vous avez dû vivre une période pénible, dit-elle avec compassion.

— J'ai retenu la leçon, déclara Wade d'un ton amer. Maintenant, je reste sur mes gardes. Dès que j'ai le moindre soupçon concernant la franchise d'une femme, je prends la porte.

« Dès que j'ai le moindre soupçon… » Joy rougit malgré elle en pensant à l'énormité de ses propres mensonges.

— Pourquoi ne fréquentez-vous que des héritières ou des débutantes ? demanda-t-elle pour changer de sujet.

Wade regarda par la fenêtre.

— Avec elles, au moins, les choses sont claires. Elles veulent juste être vues au bras d'un homme riche, dans des endroits prestigieux.

C'était logique, concéda Joy.

— J'en déduis que Sandra n'était pas une débutante.

Accoudé au buffet, Wade eut l'air de plonger dans ses souvenirs.

— Sandra était la fille d'un couple de commerçants de Laramie. Comme elle avait quatre ans de moins que moi, je ne l'ai jamais croisée au collège ni au lycée. Je l'ai connue quand elle s'est installée à Houston comme architecte. A partir du jour où nous sommes sortis ensemble, je n'ai jamais regardé une autre femme.

Et en retour, Sandra l'avait trompé, pensa Joy. Tout comme elle-même trahissait sa confiance, d'une autre manière. Elle avait déjà pu constater que Wade était très perspicace. Si elle restait près de lui, il allait lire sa culpabilité sur son visage

Alors, assaillie par le remords, elle se détourna et se dirigea vers sa chambre.

— Il vaut mieux que j'enlève cette robe avant de la froisser.

Joy lui cachait quelque chose, c'était certain, pensa Wade tandis que la jeune femme courait se réfugier dans sa chambre. En fait, toute l'équipe des Forages Wyatt se comportait étrangement en sa présence. Gus et les autres semblaient toujours nerveux.

A première vue, tout était pourtant normal sur le site. Par ailleurs, Wade n'avait rien remarqué d'insolite dans les études géologiques et sismologiques, ni dans le livre de comptes que Joy lui avait présentés. N'empêche... son instinct lui soufflait qu'il y avait anguille sous roche.

Quand Joy revint vers lui en jean et chemise à carreaux, un grand sourire aux lèvres, il ne fut pas dupe de son apparente décontraction. Sa démarche, ses joues rouges et son regard soucieux la trahissaient : cette fille-là n'avait pas conscience tranquille.

S'il voulait découvrir ce qu'elle lui cachait, il devait la suivre comme son ombre. Mais comment faire pour ne pas éveiller sa méfiance ?

Dans la journée, cela ne posait pas de problème, se dit-il rapidement. Il était normal qu'il s'intéressât aux forages sur son terrain. Mais le soir ? Quel prétexte pouvait-il invoquer pour ne pas la quitter d'une semelle ?

Une idée jaillit soudain dans son esprit. Il claqua des doigts.

— Dites ! Je sais quand vous pourrez porter votre belle robe !

— Vraiment ?

Joy semblait sceptique.

— Pour la réception que je donne en l'honneur de mes parents, vendredi.

— C'est une soirée habillée ?

Wade confirma d'un hochement de tête. La fête allait lui permettre de montrer Joy à son avantage… et de la découvrir.

— Je vous l'ai déjà dit, soupira la jeune femme : je ne suis pas à mon aise sans mon jean.

— Je peux vous apprendre à l'être, suggéra-t-il.

Joy s'humecta les lèvres.

— Vous plaisantez, j'espère ? Vous n'envisagez pas réellement de faire un remake de *Pretty Woman* avec moi dans le premier rôle féminin ?

— Avez-vous peur d'échouer à devenir tout simplement… une femme ?

En voyant la colère étinceler dans les yeux de sa compagne, Wade redouta qu'elle lui envoie son poing dans la figure.

— Assez ! lança-t-elle d'un ton définitif.

Wade eut un sourire confiant.

— Vous oubliez que je suis la réincarnation du roi Midas : tout-puissant.

— Et vous, vous oubliez que j'aime bien mes allures de garçon manqué.

— Vous doutez de mon pouvoir à vous en débarrasser malgré vous ?

— Tout ce que je dis, corrigea froidement Joy, c'est que je *refuse* de changer.

En proie à une vive exaspération, Wade la regarda enjamber les coussins tombés du canapé et redresser une pile de revues sur la table basse. Il ne s'était pas attendu qu'elle refuse aussi farouchement sa proposition, bon sang.

— Puisque vous le prenez sur ce ton, dit-il, moi, je *refuse* de laisser les Forages Wyatt continuer à travailler sur mes terres.

Joy se redressa d'un bond et le toisa avec indignation.

— C'est une rupture de contrat ! Du chantage pur et simple !

Et alors ? pensa Wade sans l'ombre d'un remords. La fin justifiait les moyens. Pour passer du temps avec elle, il était prêt à aller très loin.

— Maintenant, je comprends pourquoi vous avez échoué à retenir votre fiancée, ragea Joy en serrant les poings. Arrogant et tyrannique comme vous l'êtes !

Elle venait de toucher un point sensible. Jusqu'à présent, les femmes s'étaient succédé dans la vie de Wade sans qu'il en éprouve le moindre regret. Même Sandra ne lui avait pas manqué longtemps. Il avait souffert d'être trahi mais pas de l'avoir perdue.

En revanche, il sentait qu'il n'aimerait pas du tout être séparé définitivement de Joy. Même s'il n'était pas certain de pouvoir ou de vouloir lui faire confiance, elle éveillait en lui une excitation et un enthousiasme qu'il n'avait pas éprouvés depuis qu'il avait gagné sa première concession pétrolière à une partie de poker.

Ignorant les éclairs qui jaillissaient des yeux de la jeune femme, il haussa les épaules.

— Vous voulez chercher du pétrole sous mon ranch, moi, j'aimerais faire de vous la femme que vous pouvez être. Pourquoi ne pas cheminer main dans la main ?

Exaspérée par l'air calme qu'il se donnait, Joy tapa du pied.

— Pourquoi faites-vous ça ?

Il leva les mains, faussement conciliant.

— Il faut croire que je suis effectivement tyrannique et arrogant.

… Ou tout simplement qu'elle l'attirait plus qu'aucune autre. En tout cas, avec elle, il était certain de ne pas s'ennuyer.

— Je suis sérieuse, s'écria la jeune femme à bout de patience. Que cherchez-vous ?

— J'adore relever un défi, dit-il plus honnêtement. Vous amener à plus de féminité en est un, ma chère…

Sans compter le désir d'en savoir plus sur elle ! Ce défi-là l'excitait diablement. Il était certain qu'elle avait été aussi bouleversée que lui par leur baiser torride. S'il s'était écouté, il l'aurait embrassée de nouveau, jusqu'à ce qu'elle lui fasse des aveux complets. Mais parce que Joy risquait de ne pas être la seule à perdre la tête, il avait préféré ne pas pousser le jeu trop loin. La passion qu'elle lui inspirait était telle qu'elle risquait de lui faire perdre ses objectifs de vue.

Mieux valait donc s'en tenir au projet original : ne plus quitter la jeune femme. Trouver toutes les occasions de passer du temps avec elle. Ainsi, non seulement il percerait son secret mais il ferait d'elle la femme magnifique qu'elle était sous ses chemises western.

Et si vraiment il se fourvoyait, si Joy était honnête avec lui et ne lui cachait rien, ne tramait rien, il réaliserait son rêve d'épouser Cendrillon.

Bref, d'une manière ou d'une autre, il serait gagnant.

— McCabe veut faire quoi ? s'écria Gus plus tard dans la soirée, quand il passa montrer à Joy la dernière carotte extraite du puits.

Joy posa deux tasses, une boîte de sucre en poudre et un pot de café sur la table.

— Il veut m'apprendre à être féminine. Il croit que fréquenter la bonne société m'y aidera.

Ou du moins, corrigea-t-elle, il allait s'échiner à essayer. Mais il échouerait.

Gus secoua la tête et remplit le tiers de sa tasse de sucre avant de verser deux doigts de café.

— J'en conclus que McCabe ne sait toujours pas à qui il a affaire, soupira-t-il.

Joy but une gorgée de café et fit la grimace en le trouvant encore plus amer que d'habitude.

— Je n'ai pas l'intention de le lui dire pour l'instant.

Tant que le frère de Wade ne se rappelait pas où et dans quelles circonstances il l'avait rencontrée, elle pouvait espérer garder son secret. Wade n'avait aucun moyen de savoir qu'elle était une ex-débutante et une riche héritière.

En revanche, si quiconque venait à découvrir son identité avant qu'elle ait prouvé ses talents de prospectrice, elle serait la risée de tout le milieu pétrolier. Tout le monde parlerait de l'échec de la fille à papa en mal de distraction.

— Et tu vas te laisser faire ? s'étonna Gus.

Il connaissait assez Joy pour savoir qu'elle aurait préféré mourir plutôt que de laisser quelqu'un essayer de la façonner.

Joy s'efforça de chasser ses souvenirs du baiser incendiaire de Wade McCabe. Il n'y avait pas de place dans sa vie pour un homme, fût-il la séduction et le charme viril incarnés. Rien ne devait la distraire de son but : trouver du pétrole ; se hisser au niveau de réussite de son père.

Elle fronça les sourcils en réalisant que sa détermination à prouver sa valeur l'avait amenée à se conduire de manière irrationnelle et à commettre des actes que la morale et la loi réprouvaient. Elle mentait — à son père et à son client —, elle signait des contrats alors qu'elle n'en avait pas l'autorité, elle abusait de la confiance de tout le monde...

— Je ne veux pas dire ou faire quelque chose qui inciterait Wade à résilier notre contrat, expliqua-t-elle en chassant résolument les scrupules qui l'assaillaient. Si feindre de jouer son jeu nous fait gagner le temps nécessaire pour trouver du pétrole, alors j'y vais.

Le front plissé, Gus la dévisagea attentivement.

— Qu'as-tu d'autre à gagner ?

« L'occasion de prendre une magnifique revanche », pensa Joy. Car, en lui soulignant son manque de féminité, Wade avait touché un point très sensible.

Elle sourit suavement au vieux foreur.

— Le plaisir de donner une petite leçon à McCabe, ce monsieur qui se croit tout-puissant.

5.

— Vous avez certainement mieux à faire que nous aider, s'impatienta Joy.

Depuis son arrivée sur le site de forage au lever du jour, Wade ne l'avait plus quittée d'une semelle. Qu'elle inspectât le derrick comme chaque matin, ou qu'elle établît le programme de la journée avec Gus, Wade avait été sur ses talons. Et maintenant qu'elle effectuait des tâches administratives, il se penchait sur son épaule pour voir les données qui s'affichaient à l'écran.

— Pour le moment, l'issue de vos forages est plus importante que tout pour moi, répliqua calmement Wade.

Il était si près que la jeune femme sentait la caresse de son souffle sur sa nuque. Désireuse de se concentrer sur son travail et d'oublier les frissons brûlants qui la parcouraient, elle fit une autre tentative.

— Si vous voulez vous renseigner sur les cours de la Bourse, vous pouvez utiliser mon téléphone.

— C'est très aimable à vous.

Il la remercia d'un sourire mais ne bougea pas d'un pouce. A bout de patience, Joy ouvrait la bouche pour lui enjoindre de partir quand elle entendit une voiture s'arrêter au pied du derrick.

Intriguée par cette visite matinale inattendue, elle alla regarder par la fenêtre du bureau. Reconnaissant la jeune femme blonde

59

qui descendait de voiture, elle se précipita au-dehors avec un cri de joie.

— Meg, quelle bonne surprise ! Alors, c'est vrai, ton fils et toi vous installez à Laramie ?

Sa meilleure amie confirma d'un hochement de tête.

— Nous sommes arrivés hier. Je commence mon travail à l'hôpital cet après-midi.

Meg baissa la voix pour ne pas être entendue des foreurs qui les observaient depuis la plate-forme.

— Je suis ici parce que ta mère m'a demandé de te transmettre un message.

Joy leva les yeux au ciel.

— Que veut-elle encore ?

— Elle m'a chargée de te dire que si tu n'es pas rentrée à Dallas vendredi, elle prendra les mesures qui s'imposent.

— Ce qui veut dire ?

Joy était au comble de l'irritation. Non contente de mettre ses capacités de foreuse en doute et de critiquer son choix de vie et de carrière chaque fois qu'elle en avait l'occasion, sa mère lui posait un ultimatum, maintenant ?

— A mon avis, elle va venir te chercher. Elle tient à ce que tu reprennes ton poste à la fondation.

— C'est hors de question ! Jamais je ne...

L'arrivée de Wade coupa court aux protestations indignées de Joy. Avec un grand sourire, il se pencha vers Meg et la serra dans ses bras.

— Meg Lockhart ! Cela fait une éternité !

— Plus de cinq ans, confirma Meg en l'embrassant affectueusement sur la joue.

— Que se passe-t-il ? Vous semblez contrariée, constata-t-il en se tournant vers Joy.

La jeune femme se força à sourire avec désinvolture.

60

— Rien de grave. Mon ancien employeur refuse de comprendre que je ne veux plus travailler pour lui.

Wade la dévisagea.

— Passer d'une fondation à une compagnie de forage ne doit pas être facile.

Joy haussa les épaules et marmonna :

— Le travail administratif est le même partout.

Elle avait vraiment essayé de s'y habituer, mais les tâches de bureau, définitivement routinières, n'étaient pas sa tasse de thé. Ce qu'elle voulait, c'était travailler au grand air, sur la plate-forme d'une tour de forage ; ou arpenter des terrains à la recherche du meilleur endroit pour creuser un puits.

Meg avait perçu l'embarras de son amie et compris qu'elle ne tenait pas à révéler ses liens de parenté avec la présidente de la fondation qui l'avait employée. Elle tenta de faire diversion.

— Dis-moi, Wade, comment avancent tes projets pour la soirée de vendredi ?

Ils étaient toujours au point mort, songea Wade en soupirant. Mais il allait s'y atteler très bientôt.

— Tu attends beaucoup de monde ? voulut savoir Meg.

— Tous les amis de mes parents, les employés de l'hôpital et leur famille, d'anciens patients, les personnalités qui ont accepté de m'aider à financer l'aile pédiatrique que je vais faire construire en leur honneur. A peu près cinq cents personnes.

Meg hocha la tête avec admiration.

— Tu fais les choses en grand, on dirait.

Certainement un peu trop. Wade essaya de ne pas paniquer en pensant que l'organisatrice de la fête l'avait plaqué et qu'il ne savait pas par quel bout s'y prendre pour faire de la réception un événement dont ses parents se souviendraient avec émotion.

— John et Lilah ne se doutent vraiment de rien ? s'étonna Meg.

— Ils croient être invités au mariage d'un enfant qu'ils ont aidé à mettre au monde. Alors, même si mon père déteste porter le smoking, il ne pourra pas faire autrement.

Meg sourit avec approbation.

— J'ai hâte de voir sa réaction quand il découvrira la vérité.

— Vous venez toutes les quatre, j'espère ? demanda Wade en sachant qu'aucune fête n'était vraiment réussie si les sœurs Lockhart n'y assistaient pas.

— Nous ne manquerions cet événement pour rien au monde, assura Meg du fond du cœur.

Du coin de l'œil, Wade remarqua alors que Joy se faisait toute petite. Ce n'était pas du tout son genre, pourtant, songea-t-il intrigué. Pourquoi semblait-elle nerveuse de le voir parler avec Meg ?

— Comment se fait-il que vous vous connaissiez ? demanda-t-il, intrigué. Auriez-vous fait vos études ensemble ?

Meg regarda Joy d'un air hésitant.

— Eh bien… En fait…

— Pas du tout, coupa Joy.

Cramoisie, Meg se détourna et choisit la fuite.

— Jérémy m'attend, dit-elle. Je dois partir.

— Quelle mouche la pique ? s'étonna Wade tandis que la jeune femme s'éloignait à vive allure au volant de sa voiture. Elle n'a même pas pris le temps de me répondre.

Le départ précipité de son amie d'enfance avait aiguisé sa curiosité et attisé ses soupçons : décidément, tout le monde s'ingéniait à lui cacher quelque chose.

— Racontez-moi, dit-il en rivant son regard inquisiteur à celui de Joy. Comment vous êtes-vous rencontrées, toutes les deux ?

Il lui sembla que sa compagne mettait une éternité à répondre.

— Grâce à une relation commune.

« Ce n'était pas vraiment un mensonge », répliqua-t-elle à sa conscience. Elle avait juste omis de préciser que la relation en question était… sa mère.

— Où ça ? insista Wade.

« Au siège de la Fondation Corbett », aurait pu dire Joy. Ce jour-là, Meg était venue demander une bourse d'études et Betty avait invité sa fille à conduire l'entretien. L'explication était donc très simple… mais Joy ne pouvait pas se permettre de la donner. Wade comprendrait rapidement qu'elle était l'héritière des prestigieux Corbett de Dallas. Si ensuite il se rappelait le scandale qu'avait déclenché le mariage de Betty Corbett avec un obscur foreur, il additionnerait deux et deux… et découvrirait l'identité du père de Joy.

Big Jim.

Elle ne chercha pas à cacher son irritation.

— Depuis quand faites-vous partie de l'Inquisition ?

Wade prit son air le plus innocent. La réticence de Joy à répondre à une question pourtant anodine lui confirmait qu'il y avait anguille sous roche.

— Je suis seulement curieux. Je connais Meg depuis l'enfance et je ne l'avais encore jamais vue éluder une question. Sauf quand, à propos de…

— Du père de son fils, acheva Joy avec un hochement de tête entendu.

— Vous la connaissez vraiment bien. A vous aussi elle a dit qu'elle emporterait son secret dans sa tombe ?

Comme Wade continuait de la fixer avec une intensité dérangeante, la jeune femme tourna les talons et se réfugia sur la plate-forme du derrick. Dès qu'ils la virent, Ernie et Dieter se précipitèrent vers elle pour lui demander des précisions sur les modifications à apporter aux fluides de forage. Elle leur donna des instructions précises, puis, s'apercevant que Wade l'écoutait attentivement, elle appela Gus et feignit d'avoir besoin de son avis.

— Ne perdez pas votre temps avec nous, dit-elle à Wade. La discussion risque d'être longue et ennuyeuse.

— Je ne manque jamais une occasion de m'instruire, répliqua-t-il placidement.

Elle n'osa pas insister. Elle n'avait pas le droit de le chasser de la plate-forme. Il était chez lui, c'était son puits qu'ils foraient.

Alors, s'efforçant de faire abstraction de sa présence, elle continua d'étudier avec l'équipe le meilleur moyen de faciliter la progression du trépan.

Trente minutes plus tard, Wade avait acquis la conviction que Joy en savait autant sur les techniques de forage que ses trois équipiers réunis. Il avait également pu admirer sa parfaite maîtrise de la gestion financière d'une opération à risques. En conséquence, techniquement et professionnellement, il était rassuré : son puits était entre de bonnes mains.

— C'est comme si c'était fait, promit Gus quand Joy acheva d'exposer son plan d'action.

La jeune femme hocha la tête avec un sourire satisfait.

— Parfait. Je vous laisse travailler. Pendant ce temps, je vais entrer les derniers résultats dans l'ordinateur.

Au comble de la curiosité, Wade la suivit dans son bureau.

— Quelle est votre fonction au sein des Forages Wyatt, déjà ? demanda-t-il candidement alors qu'elle rallumait son écran.

Il se souvenait très bien que Joy avait prétendu être une simple secrétaire. Pourtant, Dieter, Ernie et même Gus semblaient constamment s'en remettre à elle pour les conseils et les décisions.

— Bonne question.

Pour se donner le temps de réfléchir à une réponse plausible, Joy ouvrit le dossier concernant la viscosité des boues de forage.

— En temps normal, je suis la secrétaire de Big Jim. Mais comme il est parti en Amérique du Sud avec son équipe...

— Justement, coupa Wade, pourquoi ne vous a-t-il pas emmenée avec lui ?

— D'après lui, ce n'est pas un endroit pour une femme.

La rancœur et le dépit de Joy perçaient dans sa voix.

— Vous ne partagez manifestement pas son avis, constata Wade en l'observant de près.

— Je me serais très bien débrouillée, dit-elle. Certes, je n'ai encore jamais travaillé en pleine jungle, mais je suis certaine que tous les sites de forage se ressemblent.

Big Jim n'avait pas tort, songea Wade. Tant de choses pouvaient tourner mal dans un coin reculé d'Amérique du Sud. Joy aurait pu être piquée par une tarentule ou un serpent, elle aurait pu contracter le paludisme, se blesser ou…

Il eut un haut-le-corps.

— Vous ne pouvez pas en vouloir à votre patron de chercher à vous protéger.

Tout en saisissant les chiffres notés à la main dans le dossier, Joy lui décocha une œillade assassine.

— C'est du sexisme pur et simple. Mais peu importe. Finalement, je suis mieux ici.

Après avoir sauvegardé les données informatiques, elle s'attaqua à l'enregistrement des tests de gravimétrie.

— Qui s'occupe du bureau d'Odessa en ce moment ? demanda Wade.

— Personne. J'ai fait transférer tous les appels téléphoniques ici.

C'était logique, approuva Wade en silence. Pourtant, il était de plus en plus convaincu que Big Jim ignorait tout des responsabilités que sa secrétaire assumait en son absence.

Mais Gus était le bras droit de Big Jim depuis la naissance des Forages Wyatt. Jamais il n'aurait laissé une simple secrétaire usurper les pouvoirs de son vieil ami.

A moins... A moins qu'un accident ait empêché Big Jim d'assurer le forage ici, réfléchit Wade, déterminé à examiner toutes les hypothèses.

Mais si tel était le cas, Joy et Gus ne l'en auraient-ils pas tout simplement informé ?

Pas s'ils craignaient qu'il confie l'opération à une autre société de forage.

C'était sans doute ce qu'il aurait fait, admit Wade. Il avait engagé les Forages Wyatt uniquement parce qu'il était convaincu que Big Jim lui trouverait du pétrole.

Tout en réfléchissant, il observa Joy qui continuait de brutaliser son clavier. Elle était au cœur de l'énigme, il en aurait mis sa main à couper. Le seul moyen de trouver enfin les réponses aux questions qu'il se posait était d'en apprendre le plus possible sur elle. Tôt ou tard, elle finirait par laisser échapper un renseignement révélateur.

Affichant une parfaite décontraction, il se percha sur le coin du bureau.

— Où avez-vous fait vos études, Joy ?

Sans quitter l'écran des yeux, la jeune femme marmonna :

— A l'université d'Austin.

Sa froideur agaça prodigieusement Wade. Pourquoi tenait-il tant à mieux la connaître alors qu'il doutait de sa franchise et de son honnêteté ? Au lieu de la suivre partout comme un toutou en mal d'affection, il aurait dû réagir en homme d'affaires avisé et lui ordonner de dire la vérité puis de fermer le puits.

— Dans quelle branche ?

— En histoire de l'art.

Constatant qu'elle ne daignait toujours pas lui accorder un regard, il serra les poings.

— Pourquoi n'avoir pas suivi des cours en rapport avec le secteur d'activité que vous avez choisi ?

— Effectivement, cela aurait été plus logique, acquiesça Joy sombrement.

A bout de patience, Wade se plaça carrément devant l'écran.

— Pourquoi ne l'avez-vous pas fait ?

Joy prit une bouteille d'eau minérale, sous le bureau, et but quelques gorgées au goulot.

— Parce que mes parents me harcelaient pour que je fasse des études de fille et que je fonde très vite une famille.

Avec un profond soupir, elle ajouta :

— De guerre lasse, j'ai suivi la voie qu'ils traçaient pour moi, et j'ai rencontré toutes sortes de maris potentiels.

A son air, on voyait que l'expérience avait été loin d'être agréable.

Wade n'aimait pas l'imaginer avec d'autres hommes. Et il détestait penser qu'elle avait été malheureuse ou déçue.

— Et alors ? s'enquit-il d'une voix douce.

Le soleil matinal qui entrait à flots par la fenêtre soulignait la délicatesse des traits de Joy et faisait danser des reflets cuivrés sur ses cheveux attachés bas sur sa nuque.

— Au bout de cinq ans, j'ai renoncé à rencontrer le prince charmant.

De la pointe d'un stylo, elle tapota le compte rendu des variations de la trajectoire du forage.

— J'ai compris que je devais me donner les moyens de réaliser mes rêves.

— Avez-vous jamais envisagé de préparer un diplôme en ingénierie pétrolière ? demanda Wade en contemplant son visage pensif.

Elle aurait fait une excellente prospectrice, il en était sûr. Elle aurait même eu les capacités de fonder sa propre société de forage. Surtout si elle pouvait ajouter sur son CV qu'elle avait déjà trouvé du pétrole.

L'incertitude voila le regard de Joy.

— Je veux d'abord m'assurer que je suis faite pour le métier de foreuse.

Avec des gestes précis et méthodiques, elle empila les dossiers et mit l'ordinateur en veille.

— J'ai un petit creux. Je vais croquer une pomme. Ça vous dit ?

— Pas pour le moment, merci.

Frustré de n'avoir rien appris qui confirmât ou infirmât ses soupçons, Wade regarda attentivement autour de lui mais ne vit rien qui pût le mettre sur la piste de la vérité. Evidemment, s'il avait eu le temps de fouiller le bureau de Joy, il aurait probablement trouvé des indices...

— Tout compte fait, je vais accepter votre proposition d'utiliser votre téléphone, dit-il d'un ton dégagé. Je dois faxer des documents à mon bureau de Houston et contacter quelques personnes susceptibles de m'aider à organiser la réception pour mes parents.

— Faites comme chez vous.

Soulagée de pouvoir mettre un terme à leur conversation trop personnelle, Joy ouvrit la porte du bureau.

— Je vais en profiter pour m'assurer que tout se passe bien sur la plate-forme.

A la grande déception de Wade, l'inspection des tiroirs du bureau ne lui apprit rien d'important. Il ne trouva que des notes de service signées des initiales de Big Jim et un journal des activités sur le ranch, sans doute rédigé par Joy afin de pouvoir faire un compte rendu détaillé des opérations de forage à son patron quand il rentrerait d'Amérique du Sud.

Rien ne laissait supposer une quelconque malversation. Tout était normal.

A part l'absence prolongée de Big Jim.

D'habitude, le prospecteur mettait un point d'honneur à superviser personnellement l'exécution de tous les contrats qu'il acceptait… D'un autre côté, l'occasion de faire des sondages en Amérique du Sud ne se présentait pas tous les jours. Alors, Big Jim avait probablement estimé que le ranch était en de bonnes mains avec Gus. Si tel était le cas, le pétrole jaillirait bientôt du derrick que Wade voyait derrière la fenêtre.

Entre-temps, il allait essayer de cerner la personnalité de Joy Lynn Corbett. La première femme à travailler pour Big Jim était exceptionnelle à bien des égards : mignonne à croquer avec son casque rose, experte en techniques de forage, incollable sur les questions de gestion financière, négociatrice hors pair capable d'amener un homme d'affaires connu pour son intransigeance à s'enthousiasmer sur une opération dont les chances de succès étaient pourtant bien minces…

Oui, vingt-quatre heures après avoir rencontré Joy, Wade ne s'étonnait plus que Big Jim l'ait engagée. Elle était compétente et motivée, elle avait le sens du contact, elle savait s'y prendre avec les investisseurs aussi bien qu'avec ses collègues de travail.

Alors qu'il inventoriait le contenu de la corbeille à papier, la voix glaciale de Joy retentit derrière lui.

— Vous trouvez ce que vous cherchez ?

Il avait été tellement occupé à dresser la liste des qualités professionnelles de la jeune femme qu'il ne l'avait pas entendue rentrer. Pour se donner contenance, il ouvrit un tiroir.

— J'avais besoin… d'un stylo.

Entre autres choses.

— Il y en a au moins une douzaine dans le pot à crayons.

— Où avais-je la tête ?

— Dans la poubelle.

Le rire de Wade sonna faux à ses propres oreilles. Il n'avait vraiment pas l'étoffe d'un espion, reconnut-il, mortifié.

Joy pinça les lèvres.

— Avez-vous pu envoyer votre fax ?

Wade se sentit rougir.

— Je ne l'ai pas encore rédigé.

— Je vois.

Très gêné, il se leva et récupéra son Stetson.

— Il vaut mieux que je rentre travailler chez moi.

— C'est certain.

Joy était l'image même de la réprobation et de la colère contenue.

— Avez-vous eu des nouvelles de Big Jim, aujourd'hui ? demanda Wade dans l'espoir de faire diversion.

La jeune femme secoua la tête.

— Comme je vous l'ai dit, il est loin de toute civilisation, il ne peut pas téléphoner.

Après avoir jeté le reste de la pomme dans la poubelle, elle s'approcha de lui.

— Dites-moi ce que vous cherchiez.

Le regard brillant de détermination, elle précisa :

— Je veux la vérité.

— D'accord, je fouinais, avoua-t-il sans remords.

— Vous vouliez en savoir plus sur les opérations de forage ?

Il la regarda droit dans les yeux.

— Non. Sur vous.

Joy s'était attendue à tout sauf à cette réponse.

— Sur moi ? répéta-t-elle, abasourdie.

— Je me demandais…

Wade posa la première question qui lui vint à l'esprit.

— Y a-t-il quelqu'un dans votre vie ?

Joy ouvrit de grands yeux.

— En quoi cela peut-il vous intéresser ?

« Tout ce qui vous concerne me passionne », aurait pu répondre Wade.

— J'ai pour principe de ne jamais marcher sur les plates-bandes des autres, expliqua-t-il plutôt.

Joy hocha la tête.

— Etant donné ce que Sandra vous a fait, c'est compréhensible.

A sa grande irritation, Wade constata que la jeune femme essayait d'éluder sa question.

— Alors, insista-t-il. Avez-vous un petit ami ?

Joy détourna les yeux.

— Pas en ce moment.

— Mais quelqu'un a compté, n'est-ce pas ? devina-t-il.

— C'était il y a très longtemps. Je ne tiens pas à en parler. Alors si cela ne vous fait rien…

Au regard insistant qu'elle tournait vers la porte, Wade comprit qu'il était inutile d'essayer de la pousser dans ses derniers retranchements.

— Je vais vous laisser, dit-il en coiffant son Stetson. J'ai encore beaucoup à faire pour la réception de vendredi.

Joy le fixa avec étonnement. Elle n'avait pas cru qu'il se laisserait éconduire si facilement. Avant qu'elle puisse s'interroger sur la déception qui s'emparait d'elle, Wade ajouta :

— Je reviendrai en début de soirée.

— Pour quoi faire ?

Il lui adressa un clin d'œil.

— Je veux faire de vous une femme, vous vous souvenez ? Alors je vais commencer par vous apprendre à danser.

— Vous avez cru que je plaisantais ? demanda Wade quand il entra dans l'appartement de Joy.

Cette dernière écarquilla les yeux en le voyant poser une chaîne stéréo portable et une pile de disques sur la table basse du salon.

— C'est vrai, reconnut-elle nerveusement.

Wade fit de son mieux pour continuer à sourire nonchalamment. Intérieurement, il était bouleversé. Joy s'était douchée et changée. Elle portait un pantalon de coton blanc et un T-shirt vert jade qui faisait ressortir son teint hâlé et accentuait le vert sombre de ses yeux. Ses cheveux encore humides répandaient une subtile fragrance de fleur d'oranger dans tout le salon. Un gloss pailleté d'or brillait sur ses lèvres sensuelles. Elle avait le naturel et la fraîcheur d'une adolescente. Et le corps d'une femme, pensa Wade en l'admirant à la dérobée.

— Mettons-nous au travail, dit-il d'une voix rauque.

Joy secoua la tête.

— Je n'ai pas le temps. J'ai encore des prélèvements à étudier.

Pour sa part, Wade estimait qu'elle avait déjà suffisamment travaillé pour la journée. Il brancha le poste.

— Ils peuvent attendre, déclara-t-il d'un ton péremptoire. En revanche, les cours de danse sont urgents. Vous devez absolument être prête pour vendredi soir.

— J'ai accepté de vous laisser essayer de me transformer en femme, pas de venir danser à votre réception, rappela Joy, le front buté.

Wade inséra un CD dans le lecteur.

— N'ayez pas peur, dit-il en guise d'encouragement. Vous vous en sortirez très bien.

Il ne lui fallut pas longtemps pour s'apercevoir qu'il avait péché par optimisme. Les pas de sa cavalière étaient gauches, ses mouvements brusques, son équilibre plus qu'instable.

— Vous voyez ! s'écria Joy en lui écrasant les orteils pour la cinquième fois. Je ne suis pas douée pour la féminité.

Comme elle tentait de s'écarter, il resserra son étreinte.

— Vous ne faites aucun effort, lui reprocha-t-il gentiment.

Mais d'ici à la fin de la soirée, elle danserait aussi bien que les filles de la bonne société qu'il avait eu l'habitude de côtoyer, se jura-t-il.

Ainsi serrée contre son torse musclé, Joy avait du mal à respirer et à penser. Ses sens étaient en ébullition, tout comme son esprit.

— Je me concentre, je vous assure, murmura-t-elle d'une voix tremblante.

Comme elle se tordait la cheville et manquait de tomber en arrière, Wade fut assailli par le doute. Elle n'avait vraiment pas le sens du rythme… Il avait l'impression de tenir un sac de pommes de terre dans les bras. Parviendrait-il seulement à lui apprendre à danser un slow ? se demanda-t-il avec inquiétude.

Il devait en avoir le cœur net.

— Attendez-moi, lança-t-il en fonçant vers la chaîne stéréo. Je vais essayer un autre style de musique.

Les bras croisés en signe de rébellion, Joy le regarda changer le disque. Bientôt, elle reconnut la voix profonde et sensuelle de Garth Brook qui chantait *To make you feel better My love*.

A sa grande irritation, elle sentit une myriade d'émotions faire vibrer son cœur, ses mains se mirent à trembler. Serrant les dents, elle se répéta que c'était la chanson romantique qui la troublait et non la présence virile de Wade ou son regard ardent tandis qu'il la reprenait dans ses bras.

— Ne soyez pas si raide, détendez-vous, chuchota-t-il contre ses cheveux. Vous n'avez pas à vous inquiéter, je ne vais pas vous écraser les pieds.

« Moi, je vais devoir écraser les vôtres », pensa-t-elle sans pouvoir s'empêcher de soupirer de plaisir tandis qu'elle respirait l'odeur de son after-shave au santal.

— Je ne suis pas inquiète, je suis énervée, corrigea-t-elle, les sourcils froncés.

Danser volontairement à contretemps était beaucoup plus difficile qu'elle ne l'aurait cru. Elle devait faire un gros effort pour ne pas suivre tout naturellement la musique et les pas de Wade.

Ce dernier l'embrassa sur l'oreille.

— Par quoi ?

Contenant un long frisson, Joy se répéta farouchement qu'elle n'aimait pas la force de ces bras autour d'elle ni la dureté de ce corps viril contre le sien.

— J'ai toujours détesté les slows.

Wade s'écarta légèrement pour la dévisager avec incrédulité.

— C'est la première fois qu'une femme me dit ça.

Décidant qu'il était un peu trop sûr de son charme, Joy s'arrangea pour lui écraser le gros orteil.

— Oh, pardon, s'excusa-t-elle en lui enfonçant son coude dans les côtes pour faire bonne mesure.

Wade grimaça mais ne desserra pas son étreinte.

— Ce n'est pas grave.

Il s'efforça de lui faire reprendre le rythme.

— Comment se fait-il que vous ayez une aversion pour la danse ?

Peut-être parce que aucun de ses cavaliers n'avait eu le sourire de Wade, son sex-appeal. Ou simplement parce qu'elle savourait beaucoup trop la chaleur qu'il lui communiquait et qu'elle aimait beaucoup trop être blottie tout contre lui.

Presque autant que l'embrasser.

— Je déteste m'aventurer dans des domaines pour lesquels je suis sous-douée.

Wade haussa les épaules.

— Vous n'avez pas assez de pratique, c'est tout.

Pas de pratique ? S'il avait pu savoir combien de paires de chaussures elle avait usées sur les parquets de danse ! soupira Joy.

74

— Voyez les choses en face, dit-elle alors que la voix de Trisha Yearwood remplaçait celle de Garth Brook. Certaines femmes ne sont pas faites pour les hommes comme vous.

Wade se rembrunit.

— Et quel genre d'homme suis-je, d'après vous ?

Mal à l'aise, elle baissa les yeux.

— Vous le savez.

— Pas du tout. Expliquez-vous.

Certaines choses devaient être dites, décida Joy. Il devait comprendre qu'ils étaient trop différents et qu'il ne pourrait jamais rien y avoir entre eux.

— Vous êtes de ceux qui estiment que leur compagne doit les attendre docilement à la maison pendant qu'ils travaillent où bon leur semble.

Plus intrigué que vexé par cette description peu flatteuse, Wade haussa un sourcil.

— Vous ne vous voyez pas dans le rôle d'une épouse parfaite ?

Joy leva le menton.

— Je ne supporterai jamais de rester en arrière-plan.

La serrant contre lui, son cavalier essaya de lui faire suivre le rythme plus soutenu de la musique.

— Vous vous trompez sur mon compte, Joy. Si un jour je décide de me ranger, je passerai le plus de temps possible avec ma femme, quels que soient mes projets professionnels.

— Et que ferez-vous de ses ambitions à elle ? demanda Joy d'un ton de défi.

Wade eut un sourire taquin.

— Je la laisserai en avoir.

Le visage redevenu grave, il ajouta :

— Je plaisante. En fait, je l'épaulerai. Je l'aiderai de mon mieux à réaliser ses rêves et à réussir sa carrière.

— Que c'est noble de votre part, railla Joy. En théorie, tout ce que vous dites est très beau. Mais en pratique…

— Une mauvaise expérience vous a rendue sceptique, devina Wade, et amère.

Irritée de constater qu'une fois de plus, il lisait en elle à livre ouvert, Joy admit entre ses dents :

— Quand j'ai trouvé le courage de confier à Ben que mon rêve le plus cher était de me faire un nom dans le monde de la prospection pétrolière, il a éclaté de rire. Ensuite, il m'a ordonné de renoncer, parce que jamais il n'épouserait une foreuse.

Son cœur en saignait encore. A sa grande humiliation, elle avait compris que Ben n'avait pas plus confiance en ses talents que ses parents.

— Je suis désolé.

Wade lui serra gentiment l'épaule.

— Moi aussi.

Joy essaya de résister à la tendresse contenue dans son regard.

— Je l'ai été à tel point que j'ai rompu mes fiançailles avec Ben sur-le-champ.

— Vous avez bien fait, approuva Wade.

Elle pencha la tête en arrière pour le fixer avec incrédulité.

— Vraiment ?

Personne dans son entourage, ni ses parents ni ses amies, n'avait compris sa réaction.

— Vous avez du talent. Vous méritez le soutien et l'encouragement inconditionnel de celui qui partagera votre vie, déclara Wade du fond du cœur.

Joy scruta son regard brun, redoutant d'y lire de l'ironie.

— Vous êtes sincère, constata-t-elle avec émerveillement.

— Tout à fait.

Elle baissa la tête.

— Je vous ai mal jugé, je suis désolée.

— Vous êtes tout excusée.

Son soulagement fut de courte durée.

— Ce que je ne pardonne pas, en revanche, enchaîna Wade d'une voix dure, c'est la petite comédie que vous me jouez.

Elle sentit le sang refluer de son visage. Comment avait-il deviné que Big Jim n'avait jamais signé son contrat et ignorait tout de ce qu'elle faisait sur son ranch ?

— Je ne vois pas ce que vous voulez dire, dit-elle pour gagner du temps.

Wade la considéra avec un sourire railleur.

— Vous dansez la salsa comme une pro depuis plus de cinq minutes. Avouez que vous m'avez menti et que vous savez danser.

Furieuse et vexée de s'être laissé piéger, Joy repoussa abruptement son cavalier.

— C'est vrai, admit-elle, je me suis moquée de vous. Je voulais vous faire passer l'envie de me changer.

D'un ton hautain, elle ajouta :

— Il faut que vous vous fassiez une raison, mon rêve n'est pas de porter une robe de grand couturier et une parure de diamants pour être la reine du bal.

Que Wade en fût conscient ou non, il était un homme en vue, songea-t-elle. Il lui fallait une épouse comme Betty, la mère de Joy, un modèle d'élégance et de sophistication, qui adorait le tourbillon des réceptions mondaines et des soirées glamour. Pas quelqu'un comme elle, Joy, qui n'était à l'aise qu'en jean et casque de chantier.

Wade soupira longuement.

— Vous refusez d'accorder une chance à un autre style de vie, lui reprocha-t-il.

S'il savait ! pensa tristement Joy. Toute son adolescence, elle s'était sentie déchirée entre deux univers opposés ; et les reproches incessants de ses parents lui avaient donné l'impression qu'elle ne trouverait jamais sa place dans l'un ni dans l'autre.

A présent, elle voulait créer son propre monde, dans lequel elle pourrait enfin être elle-même, appréciée pour ce qu'elle était et non constamment critiquée pour ce qu'elle n'était pas.

— Cela va changer, promit Wade en la plaquant résolument contre lui.

Quand il s'empara de ses lèvres, elle sentit mille émotions s'éveiller dans son cœur et elle fut tentée de croire qu'avec lui, effectivement, tout deviendrait possible. Elle qui n'avait jamais connu d'homme et que les garçons avaient toujours déçue, elle avait enfin très envie de voir jusqu'où l'attirance mutuelle pouvait mener deux êtres de sexes opposés.

Cependant, sa raison lui rappela de ne pas oublier ses priorités. Elle était à Laramie pour trouver du pétrole, se répéta-t-elle fermement sans pouvoir empêcher son corps de la trahir et de se fondre contre celui de Wade. Elle allait prouver à ses parents qu'elle était capable de rivaliser avec les meilleurs foreurs, obtenir le respect et la reconnaissance qui lui avaient manqué toute sa vie.

Ayant redéfini ses objectifs, elle trouva la force de s'arracher au tourbillon de passion dans lequel le baiser de Wade l'entraînait.

— Ne croyez pas pouvoir faire de moi ce que vous estimez que je devrais être, avertit-elle, le souffle court. Une poupée.

Son père et sa mère avaient essayé durant des années et n'avaient réussi qu'à la faire souffrir et à la renforcer dans sa conviction qu'elle était faite pour la prospection pétrolière.

Wade sourit.

— Le changement est parfois salutaire, répliqua-t-il en la caressant d'un regard de braise.

— Pas quand il est imposé.

Déterminée à endiguer la passion qui crépitait dans ses veines, Joy alla éteindre la musique puis tendit le poste à son propriétaire.

— Il est l'heure de partir, cow-boy.

Contrairement à ce qu'elle espérait, Wade ne s'offusqua pas de se voir signifier abruptement son congé. Il sourit et l'enveloppa d'un regard vibrant de promesses sensuelles.

— Je n'ai pas dit mon dernier mot. Je reviendrai.

6.

— Elle a peur que nous devenions trop proches, affirma Wade. C'est pour cela qu'elle refuse de venir à la réception.

Son frère Shane lui fit un clin d'œil narquois. Il s'était invité au ranch pour éviter de rencontrer la énième « charmante jeune femme » que sa mère avait encore invitée pour le dîner.

— Continue à le répéter et tu finiras peut-être par t'en convaincre.

— Je sais ce que je dis, insista Wade, le front buté. Elle ne veut pas se lier.

Il comprenait parfaitement cette attitude. Lui aussi avait dressé des remparts autour de son cœur pour se protéger de toute souffrance, pour ne plus jamais être vulnérable.

Mais Joy pouvait lui faire confiance, il ne lui ferait pas de mal, au contraire. Il allait l'aider à acquérir de l'assurance, à être la femme qu'elle pouvait être.

— Sinon, pourquoi aurait-elle repris ses distances ?

La tête penchée sur le côté, Shane étudia son frère avec ironie.

— Ce qui m'intéresse, c'est surtout de savoir pourquoi tu supportes si mal qu'elle t'ait congédié, Wade.

Wade haussa les épaules. Son désir pour Joy n'avait rien d'insolite. Elle lui plaisait et il souhaitait aller plus loin avec elle, voilà tout.

— Je ne vois pas ce que tu veux dire.

Shane leva les yeux au ciel.

— C'est pourtant évident ! Joy Corbett t'obsède.

— Tu te fais des idées !

— Alors pourquoi ne parles-tu que d'elle ?

Wade se sentit rougir malgré lui.

— Sa réaction… m'étonne, c'est tout.

Son frère secoua lentement la tête.

— Allons, Wade, j'imagine qu'elle n'est pas la première à refuser de succomber à ton charme. Avec les autres, t'en es-tu indigné pour autant ?

Les autres femmes n'avaient eu aucune importance, il ne se souvenait même plus de leur nom ou de leur visage.

— Joy est différente, marmonna-t-il en s'accoudant à la fenêtre pour scruter le ciel.

Depuis plusieurs jours, les météorologistes annonçaient de la pluie, ce qui risquait de retarder les forages. Pourtant, la lune brillait, des milliers d'étoiles scintillaient.

Après avoir décapsulé deux bouteilles de bière, Shane s'empara d'un sachet de pop-corn à cuire au micro-ondes.

— Qu'a-t-elle de particulier ? voulut-il savoir.

Wade se retourna avec un profond soupir.

— Même si je me méfie d'elle, elle me fascine.

Depuis que Sandra l'avait trompé, il tournait les talons dès qu'il soupçonnait une femme de lui mentir. Avec Joy, il nourrissait plus que de vagues soupçons. Plus le temps passait, plus il avait la conviction qu'elle n'était pas honnête avec lui. Et pourtant, il ne parvenait pas à se résoudre à rester loin d'elle.

Les sourcils froncés, Shane lui tendit une bouteille.

— Si tu n'es pas sûr de pouvoir lui faire confiance, tu devrais l'éviter, conseilla-t-il.

Des crépitements indiquèrent que les grains de maïs commençaient à éclater.

— Je sais, murmura Wade.

— Alors pourquoi passes-tu tout ton temps avec elle ?

— Et le pétrole ?

Comme un tintement indiquait la fin de la cuisson, Wade protégea sa main avec un torchon et sortit le sachet de pop-corn du four.

— Tu pourrais résilier ton contrat avec les Forages Wyatt, suggéra Shane. Renvoyer Joy à Odessa.

Wade secoua la tête.

— Je préfère qu'elle reste ici. Mais tu as raison, ajouta-t-il après quelques gorgées de bière. Je dois me reprendre et lui montrer qui contrôle la situation.

Maintenant qu'il y pensait, il savait même exactement comment faire.

Joy fut tirée de son sommeil par la sonnerie du téléphone. Elle ouvrit des yeux incrédules en voyant l'heure affichée sur son réveil. 1 heure ?

Se promettant de dire sa façon de penser à l'imbécile qui osait l'appeler au beau milieu de la nuit, elle décrocha le téléphone.

— Je suis content de pouvoir enfin te parler, ma chérie ! claironna la voix de son père dans le combiné.

Tout à fait réveillée, la jeune femme s'assit dans son lit et remonta les couvertures sous son menton. Quand elle s'était couchée, quelques nuages commençaient juste à voiler la lune. A présent, la pluie martelait violemment le toit de tôle du mobile home et il faisait un froid glacial.

— Où es-tu ? demanda-t-elle. Je croyais que tu n'avais pas le téléphone.

— J'ai loué un hélicoptère pour venir en ville, expliqua Big Jim. J'avais hâte de t'annoncer la bonne nouvelle : nous avons trouvé un gisement énorme. Les autorités m'ont chargé de superviser son exploitation.

Joy fut loin de partager l'excitation et la joie de son père. Dans quelques heures, tous les médias allaient s'emparer de la nouvelle et révéler l'identité du foreur qui avait découvert de l'or noir en pleine jungle.

Bien évidemment, Wade comprendrait que le fondateur des Forages Wyatt ne reviendrait pas de sitôt s'occuper de son puits. Furieux d'être négligé, il s'arrangerait pour joindre Big Jim au téléphone. Ou alors, il irait carrément le voir en Amérique du Sud. Et là…

« Seigneur, pitié ! » supplia Joy en imaginant la réaction des deux hommes quand ils réaliseraient ce qu'elle avait eu l'audace de faire.

— Il vaut mieux que tu rentres à Dallas, poursuivit Big Jim. Ta mère sera ravie et soulagée que tu reprennes ton travail à la fondation. Tu es plus à ta place en ville, de toute façon.

Joy serra les dents. Comme toujours, son père se trompait lourdement à son sujet. En ville, elle était comme un poisson hors de l'eau. Elle n'était heureuse que lorsqu'elle pouvait laisser libre cours à sa passion : l'exploration pétrolière.

— C'est impossible, papa.

La jeune femme se leva et gagna la cuisine pour allumer la cafetière.

— Je ne vois pas pourquoi, protesta Big Jim.

Joy décida qu'une mise au point s'imposait si elle voulait échapper à une interminable discussion.

— Disons les choses autrement. Il est hors de question que je retourne à Dallas.

A l'autre bout du fil, Big Jim soupira avec impatience.

— Sois raisonnable, Joy. Tu ne peux rien faire à Odessa, à part dire aux gens que je suis à l'étranger. Ça, Gus s'en chargera.

Joy crispa les doigts sur le combiné. C'était le moment de confesser toute la vérité, de révéler qu'elle se trouvait à Laramie parce qu'elle avait accepté de creuser un puits sur les terres du principal client de son père alors qu'elle n'en avait pas le pouvoir.

Mais elle connaissait d'avance la réaction de Big Jim. Sitôt raccroché, il appellerait Wade et c'en serait terminé de sa carrière de foreuse.

Non.

Elle ne pouvait pas renoncer. Pas quand elle était si proche de réaliser ses rêves.

— Papa, je t'ai toujours dit que je voulais travailler avec toi, rappela-t-elle.

« Si tu avais cru en moi, si tu m'avais laissé une chance, je n'aurais pas été contrainte d'en venir à de telles extrémités », ajouta-t-elle en silence.

— Et pour te faire plaisir, j'ai accepté de t'engager dans ma société, rétorqua Big Jim. Mais je suis sûr que, maintenant, tu as compris que le forage n'est pas pour toi.

Quel forage ? fulmina Joy intérieurement. Il l'avait enfermée dans un bureau, à répondre au téléphone et à taper des lettres !

S'il ne lui avait pas appris comment trouver du pétrole en l'emmenant partout avec lui, s'il ne lui avait pas communiqué sa passion pour son métier dès son plus jeune âge, elle n'aurait pas songé à marcher sur ses traces. Alors, d'une certaine manière, il était aussi fautif qu'elle.

— Tu te trompes, papa, protesta-t-elle. Je suis encore plus motivée.

En regardant machinalement par la fenêtre, elle s'aperçut que le trépan était immobile et que Gus et les autres couraient dans tous les sens sur la plate-forme. Elle fronça les sourcils. Quelque chose n'allait pas. Sinon son équipe ne serait pas debout à cette heure.

Le cœur palpitant d'inquiétude, elle cala le combiné contre son épaule et se rua dans sa chambre.

— C'est toi qui te trompes, chérie, répliqua Big Jim tandis qu'elle enfilait fébrilement les vêtements qu'elle avait abandonnés au pied de son lit en se couchant. Alors tu vas faire plaisir à ta mère et rentrer à Dallas. Je passerai te voir dès mon retour, c'est promis.

Estimant manifestement que le débat était clos, il coupa la communication. D'un revers de bras rageur, Joy jeta le téléphone sur son lit. Son père voulait toujours avoir le dernier mot ! Il restait convaincu qu'une fille ressemblait forcément à sa mère ! Mais il allait bientôt découvrir que sa fille avait hérité de son entêtement ! Et de son don pour trouver du pétrole.

Joy revint dans la cuisine comme une flèche et versa le café brûlant dans une Thermos. Puis, après s'être munie d'une lampe torche et de gobelets en carton, elle se précipita vers la tour de forage sans même remarquer la pluie qui fouettait son visage.

Peu avant l'aube, Wade s'éveilla avec le pressentiment que quelque chose n'allait pas. Ayant appris dès son plus jeune âge à se fier à son instinct, il se leva aussitôt. Il se doucha, s'habilla rapidement puis descendit attraper son Stetson et un ciré dans le placard de l'entrée, en prenant grand soin de ne pas réveiller son frère, endormi dans la chambre d'amis.

Ses craintes se confirmèrent à l'instant où il arriva sur le site de forage. Le trépan était immobile. Dans une atmosphère de plomb, l'équipe des Forages Wyatt rassemblée sur la plate-forme fixait le puits avec consternation.

— Que se passe-t-il ? cria-t-il pour couvrir le crépitement de la pluie.

Les trois hommes et Joy échangèrent un regard embarrassé. Finalement, la jeune femme marmonna :

— La tige est coincée.

— Depuis combien de temps ? voulut savoir Wade en acceptant le gobelet de café que Gus lui tendait.

Joy redressa les épaules et fourra les mains dans les poches de son jean.

— Quatre heures. Nous avons tout essayé pour la dégager, mais sans résultat.

Tandis qu'elle énumérait les différentes manœuvres effectuées pour remettre le trépan en marche puis passait en revue les solutions qu'ils pouvaient encore essayer, Wade ne put s'empêcher d'admirer sa combativité et sa détermination à poursuivre les forages en dépit des problèmes qui s'accumulaient sur le site depuis le début des opérations.

Mais ce qui le frappa le plus, ce fut le naturel avec lequel elle assumait la fonction de chef d'équipe et le respect que lui manifestaient les foreurs.

— Vous devriez prendre un peu de repos et manger quelque chose, suggéra-t-il en notant que tous les membres de l'équipe étaient épuisés et trempés jusqu'aux os. Tant qu'il pleut, vous ne pouvez rien faire de plus.

Il fronça les sourcils en sentant son téléphone portable vibrer à sa ceinture. Son bureau de Houston lui envoyait un message laconique : « Regardez votre fax. »

— Je dois rentrer, dit-il à contrecœur. Je repasserai plus tard pour voir où vous en êtes.

Et tenter encore une fois d'éclaircir certains mystères concernant une jolie prospectrice.

Joy se dandinait d'un pied sur l'autre et se tordait les mains. Elle était angoissée et nerveuse, comprit-il. Mais pourquoi ? D'ordinaire, elle restait impavide face aux incidents qui émaillaient le forage.

— Puis-je vous accompagner chez vous ?

Sans même attendre sa réponse, Joy commença à descendre l'escalier et lança par-dessus son épaule :

— J'ai à vous parler.

Ignorant le regard interdit de ses compagnons qui s'étonnaient de la voir abandonner la plate-forme alors qu'ils étaient face à un gros problème technique, Joy s'installa dans le siège passager de l'Expedition.

Après s'être assis au volant, Wade démarra et la toisa en secouant la tête.

— Vous êtes trempée. Vous allez prendre froid.

Elle haussa les épaules.

— Quelques gouttes de pluie ne vont pas me tuer.

Les yeux rivés au pare-brise, elle élabora sa stratégie. Durant toute la journée, les médias n'allaient parler que de la découverte de Big Jim. Elle devait donc à tout prix empêcher Wade de se tenir au courant de l'actualité.

Comme il avait acheté le ranch uniquement pour en exploiter le sous-sol, il ne s'y faisait certainement pas expédier les journaux auxquels il était abonné. Elle se faisait forte de l'occuper pour qu'il n'ait pas le temps d'aller acheter ses quotidiens en ville.

Elle n'avait pas vu d'antenne parabolique sur le toit de la maison et Laramie et ses environs n'étaient pas encore câblés, réfléchit-elle fébrilement. Donc, Wade ne recevait pas les chaînes d'information en continu. Restaient les actualités des chaînes hertziennes, à midi et à 18 heures. Elle s'arrangerait donc pour monopoliser l'attention de Wade à ces heures critiques.

Quant aux radios locales, elles visaient un public d'agriculteurs et d'éleveurs. Leurs programmes se limitaient essentiellement à de la musique country et de brefs bulletins météorologiques.

Il y avait aussi Internet. Là les choses se corsaient car tous les fournisseurs d'accès affichaient les informations nationales et internationales sur leur page d'accueil. Elle ne devrait cependant pas avoir trop de difficulté à garder Wade loin de son ordinateur.

A peu près certaine de maîtriser la situation explosive, Joy se détendit et sourit à son compagnon.

— Ne vous inquiétez pas pour moi. Je ne suis pas une petite nature.

Cependant, tandis que Wade zigzaguait entre les pierres et les ornières creusées par l'orage, elle fut assaillie par les scrupules et l'inquiétude. La rétention d'informations pouvait-elle être considérée comme un mensonge ?

Elle avait toujours idolâtré les grands foreurs texans, admirant l'imagination et l'audace dont ils avaient fait preuve pour réussir. Cependant, elle doutait qu'ils eussent pris des risques aussi énormes qu'elle. Mais alors qu'une part d'elle-même appréhendait déjà l'explosion de rage qui accueillerait la révélation de ses mensonges, l'autre part se faisait rassurante et affirmait que Wade et Big Jim seraient plus enclins à l'indulgence si elle trouvait du pétrole.

Après quoi, elle n'aurait plus jamais à jouer la comédie et à duper qui que ce soit. Elle pourrait exercer son métier en toute sérénité.

— De quoi vouliez-vous me parler ? s'enquit Wade quand ils arrivèrent en vue de sa maison.

Mieux valait ne pas évoquer le forage tant que Gus n'était pas parvenu à débloquer le trépan, décida-t-elle. Mais alors, quel prétexte pouvait-elle invoquer pour justifier son insistance à suivre Wade chez lui ?

— De… de la réception donnée pour vos parents.

— Je vous écoute.

Elle haussa les épaules.

— Eh bien… Je me demandais si vous aviez besoin de mon aide étant donné que votre organisatrice a tout plaqué.

— Nous allons le savoir.

Wade se gara le plus près possible de la véranda, à côté d'un pick-up rouillé et cabossé. Ils arrivèrent en haut des marches juste comme un homme blond ouvrait la porte d'entrée.

— De la compagnie dès le lever du jour ? railla-t-il en faisant un clin d'œil à Joy. Tu m'impressionnes, grand frère !

— Voici mon frère Shane, marmonna Wade.

Il ne prit pas la peine de présenter Joy, estimant qu'il avait suffisamment parlé d'elle pour que Shane sache à qui il avait affaire.

— J'ai rendez-vous pour visiter plusieurs ranches, expliqua Shane. Mais ne t'inquiète pas, je serai de retour pour la fête de nos parents.

Enfonçant son chapeau sur sa tête, il supplia :

— Je t'en prie, Wade, dis à maman d'arrêter d'inviter toutes les filles de ses amies à dîner.

Wade sourit avec malice.

— Entre nous, Shane, elle a raison : tu ne trouveras jamais une épouse par toi-même.

— Occupe-toi de tes affaires et je m'occuperai des miennes, répliqua Shane.

Il souleva brièvement son Stetson pour saluer Joy.

— Au revoir, mademoiselle. Surveillez bien mon frère.

Puis il s'élança vers son pick-up.

Secouant la tête, Wade fit entrer Joy dans la maison. Comme elle frissonnait et claquait des dents, il courut éteindre la climatisation.

— Je vais vous trouver de quoi vous changer, déclara-t-il.

Et comme il s'attardait à la regarder, Joy s'aperçut que son T-shirt trempé lui collait à la peau. Sous le coton devenu transparent, les pointes de ses seins durcies par le froid étaient parfaitement visibles. Les joues en feu, elle se détourna précipitamment.

Quant à Wade, il aurait adoré prendre dans ses mains ces rondeurs offertes, les goûter, les savourer... Hélas, le moment ne s'y prêtait pas. Seul un mufle aurait profité de la situation.

Serrant les dents, il s'élança dans l'escalier de chêne qui menait au premier. Lorsqu'il redescendit dans l'entrée, il portait un drap bleu marine, une chemise et une paire de chaussettes de laine.

— La salle de bains est à droite en haut de l'escalier, dit-il en lui tendant le linge. Vous n'aurez qu'à poser vos vêtements devant la porte pour que je les mette dans le sèche-linge.

Joy était transie. La perspective de prendre une douche délicieusement chaude était paradisiaque. Cependant, elle ne pouvait pas s'accorder le luxe de penser à son bien-être. Discrètement, elle regarda sa montre : 6 h 45. Les informations télévisées commençaient dans quinze minutes. Si elle partait se doucher et se changer maintenant, comment être sûre que Wade n'allumerait pas la télévision ou son ordinateur pendant qu'elle serait occupée à la salle de bains ?

— J'ai un petit creux, je mangerais bien quelque chose, prétexta-t-elle. Avec une boisson chaude, si ce n'est pas trop demander.

Wade haussa les sourcils. Il était surpris — et pour cause, pensa Joy. Elle s'imposait chez lui et, en plus, elle se comportait en pique-assiette.

Heureusement pour elle, son hôte était trop bien élevé pour refuser de la sustenter.

— Je vais préparer du café et des œufs, proposa Wade. Cela vous va ?

— Ce sera parfait.

Sachant qu'elle n'avait pas une minute à perdre, Joy monta au premier comme une flèche. Après s'être douchée et s'être séché les cheveux en un temps record, elle enfila les chaussettes et boutonna la chemise sur le drap noué en paréo sur ses hanches.

En chaussettes, elle glissa sur le parquet ciré, se rua dans l'escalier et arriva hors d'haleine à la cuisine. La table était déjà dressée pour deux, Wade achevait de brouiller des œufs.

Dieu soit loué ! Le poste de poste de télévision, sur le buffet, était éteint.

— Je vous laisse servir le café, suggéra son hôte en retirant la poêle du feu.

Heureuse de pouvoir se rendre utile, elle s'exécuta et demanda :

— Vous prenez du sucre ?

— Deux morceaux. Vous le trouverez dans le placard au-dessus de la cafetière.

— Entendu.

Quand Wade posa devant elle une assiette d'œufs moelleux à souhait entourés de champignons et de saucisses, elle s'écria :

— Vous êtes un vrai chef !

— Loin de là. Disons que je sais préparer un petit déjeuner, précisa Wade, modeste. Et vous ? Quelle est votre spécialité ?

— Je n'ose même pas vous répondre.

Elle porta sa tasse à ses lèvres.

— Votre café est délicieux, commenta-t-elle en ouvrant des yeux surpris. Comment vous y prenez-vous ?

Wade haussa les épaules.

— Je me contente de suivre les instructions imprimées sur le paquet.

— Très drôle... Je suis sérieuse.

En approchant sa chaise de la table, Joy frôla le genou de Wade. Elle tressaillit alors que des frissons brûlants remontaient le long de sa jambe.

— Je me demande pourquoi mon propre café est toujours amer, murmura-t-elle pour cacher son trouble.

Wade beurra un toast et demanda :

— C'est vous qui aviez préparé celui que j'ai bu au site ce matin ?

Comme elle confirmait avec un sourire penaud, il hocha la tête d'un air entendu.

— Vous n'aviez sans doute pas mis assez d'eau. Mais, enchaîna-t-il, vous n'êtes pas venue chez moi pour prendre des cours de cuisine, n'est-ce pas ? Je suppose que vous vouliez me parler du forage ? Cela tombe bien car, moi aussi, je voulais vous en toucher deux mots.

Joy n'aimait pas du tout le tour que menaçait de prendre cette conversation. Pour cacher sa panique, elle feignit d'examiner le contenu de son assiette avec gourmandise, puis elle s'attaqua à ses œufs.

Les sourcils froncés, Wade tapota la table de la pointe de son couteau.

— Je vais être franc, Joy : si je n'avais pas déjà eu l'occasion de constater l'efficacité des Forages Wyatt, j'arrêterais tout. Dès aujourd'hui.

Joy eut l'impression que tout son corps se figeait.

— Mais vous n'allez pas le faire, n'est-ce pas ? demanda-t-elle d'une voix chevrotante.

Wade la fixa intensément.

— Cela dépend.

Elle déglutit péniblement.

— De quoi ?

— De votre honnêteté avec moi.

7.

— Je ne vois pas ce que vous voulez dire, balbutia Joy.

Affreusement mal à l'aise, elle se leva et se mit à arpenter la cuisine.

— Je ne vous ai jamais caché que nous rencontrions des problèmes sur le site.

Wade repoussa sa chaise et croisa les bras.

— Mais vous m'avez menti sur vos fonctions au sein des Forages Wyatt, lui reprocha-t-il d'une voix douce. Vous êtes bien plus qu'une secrétaire ou une comptable, vous prenez pratiquement toutes les décisions.

Toisant sa compagne, il ajouta :

— Ce que je ne comprends pas, c'est pourquoi vous voulez que je sous-estime vos responsabilités.

Tout simplement parce que son père ne lui en avait donné aucune, pensa Joy, au supplice. Quand Big Jim apprendrait tout ce qu'elle s'était permis de faire sans son autorisation, il la chasserait probablement à coups de pied jusqu'au Mexique.

Sauf si elle avait trouvé du pétrole d'ici là.

Affichant un calme qu'elle était loin de ressentir, elle croisa les bras et tenta de donner une explication plausible.

— Comme vous le savez, je travaille dans un univers dominé par les hommes...

— Et vous voulez être l'exception ?

Elle hocha la tête.

— J'ai ravalé ma fierté et accepté un poste tout au bas de l'échelle chez Big Jim juste pour avoir un pied dans une société de forage.

Elle était toujours ulcérée d'avoir dû en arriver là.

Wade l'étudia attentivement.

— Votre patron connaît-il vos ambitions ?

— Je ne les lui ai jamais cachées.

Joy remplit de nouveau leurs tasses, revint s'asseoir face à lui et reprit avec rancoeur :

— Mais il refuse de me prendre au sérieux. Alors je vais faire en sorte de lui prouver mes compétences.

Plongeant son regard perçant dans le sien, Wade se pencha vers elle.

— Pour en revenir à vos fonctions, vous êtes… ?

La jeune femme se sentit rougir.

— Big Jim m'a engagée comme secrétaire standardiste.

Ça au moins, ce n'était pas un mensonge.

— Au fil des semaines, j'ai réussi à convaincre Gus et les autres de mes compétences. Alors, maintenant, ils m'acceptent sur la plate-forme. En échange, je leur transmets ce que mon père m'a appris. Ils pourront dire à Big Jim que j'ai contribué au succès de l'opération.

Wade remarqua que la pluie avait cessé et que le soleil se levait dans un ciel lavé de tout nuage.

— Etant donné l'incident de cette nuit, je pense que vous devriez attendre le retour de Big Jim pour reprendre les forages, dit-il en faisant signe à la jeune femme de le suivre sous la véranda.

Joy s'était attendue à cette suggestion. Cependant, elle n'était pas disposée à l'accepter. Gus, Dieter et Ernie allaient parvenir à débloquer le trépan, elle en était certaine. Elle devait juste faire en sorte qu'ils aient du temps devant eux.

— Mes vêtements doivent être secs, maintenant, dit-elle en regagnant la cuisine pour poser sa tasse dans l'évier. Dès que je serai rhabillée, je vous montrerai quelque chose.

Lorsqu'elle le rejoignit dans l'entrée, Wade était au téléphone. Apparemment, les nouvelles n'étaient pas bonnes. Il serrait les dents et agrippait son portable de toutes ses forces.

— Merci quand même ! lança-t-il avant de couper la communication.

Puis il se tourna vers Joy. Il était soulagé de ne plus savoir sa compagne entièrement nue sous une chemise et un drap. Durant tout le petit déjeuner, il avait dû lutter pour maîtriser son imagination débordante. Chaque fois qu'il posait les yeux sur la jeune femme, il se voyait l'attirer sur ses genoux, défaire le nœud qui maintenait le drap sur ses hanches puis déboutonner sa chemise pour pouvoir explorer à loisir les pleins et les déliés de son corps de sirène.

Cela dit, Joy était aussi tentante et ravissante en jean et T-shirt. Pour avoir mis ses vêtements dans le sèche-linge, il savait qu'elle ne portait pas de soutien-gorge et que son slip était un minuscule triangle de dentelle blanche.

Stop ! Il devait cesser de penser au plaisir qu'il aurait à la débarrasser de ses vêtements, s'ordonna-t-il vertement. Et ne plus se demander comment elle réagirait s'il la plaquait contre lui et l'embrassait avec toute la passion qui flamboyait dans ses veines.

Tout en s'asseyant sur la première marche de l'escalier, Joy l'étudia.

— Vous avez reçu de mauvaises nouvelles ?

Il ferma brièvement les yeux pour chasser l'image de Joy entièrement nue sur son lit, ses cheveux étalés sur l'oreiller, ses longues jambes dorées par le soleil levant.

— Vous vous souvenez d'Andrea ? demanda-t-il en s'efforçant de revenir à la réalité.

Joy fit appel à sa mémoire.

— L'ex-petite amie que vous aviez chargée d'organiser votre réception ?

— C'est cela, confirma-t-il sèchement. Eh bien, cette peste s'est arrangée pour que tous les fleuristes et tous les traiteurs de Houston refusent de travailler pour moi.

Joy eut une grimace de sympathie.

— Ne pouvez-vous pas contacter des professionnels de Laramie ?

Wade la regarda avec fascination alors qu'elle levait très haut une jambe gainée de jean pour enfiler une botte.

— Comme vous me l'aviez fait remarquer, dit-il en s'efforçant de se concentrer sur son problème immédiat, nous sommes en juin. Il y a dix mariages à Laramie ce week-end. Tous les artisans et commerçants que j'ai contactés sont débordés.

— Avez-vous essayé ceux de Fort Worth ou de Dallas ?

— Je n'en connais aucun. Et de toute façon, ils doivent être réservés pour des mariages, eux aussi.

Après avoir chaussé sa deuxième botte, Joy se releva d'un mouvement gracieux.

— Je connais quelques organisatrices qui me doivent un service, dit-elle d'un ton rassurant. Je vais vous les appeler. Mais d'abord…

Elle glissa son bras sous celui de Wade.

— … Nous allons faire ce que nous aurions dû faire en premier. Visiter votre ranch.

Munis d'une Thermos de jus d'orange et d'une carte de la propriété, ils prirent l'Expedition de Wade et sillonnèrent les chemins de terre qui serpentaient à travers les pâturages et les bois, desservant les nombreux puits creusés par des prospecteurs malchanceux des années plus tôt.

96

A la grande irritation de Wade, sa compagne tint à explorer à pied chaque site abandonné. Tout en la suivant dans un silence maussade, il se demanda pourquoi il n'imitait pas les précédents propriétaires de ce ranch. De toute évidence, il n'y avait pas une goutte de pétrole sous ses terres. Il devait cesser de se laisser influencer par Joy et ordonner l'arrêt des forages.

Lorsqu'il se gara au pied du derrick Wyatt, Joy descendit de voiture et s'approcha de lui.

— Que voyez-vous ?

Le regard rivé aux trois hommes qui s'échinaient toujours à dégager le trépan, il haussa les épaules.

— Une cause perdue.

La jeune femme soupira avec exaspération.

— Faites abstraction du petit problème que nous rencontrons. Regardez autour de vous.

Il s'exécuta de mauvaise grâce.

— Je vois des cactus, des ronces, quelques cèdres…

— Je ne parle pas de la végétation, s'impatienta Joy en tapant du pied. Observez la topographie du site.

Comme un élève pris en flagrant délit de rêverie, Wade hasarda :

— Une zone plate qui entoure une butte ?

Joy sourit avec approbation.

— Maintenant, dites-moi ce que vous sentez.

Les yeux fermés, Wade prit une profonde inspiration.

— Une odeur de souffre ?

— Très bien.

Avec un grand sourire, Joy se baissa pour ramasser une poignée de terre.

— Et ça, c'est quoi ?

Wade admira la finesse de ses doigts. Il n'avait aucun mal à les imaginer courant sur sa peau…

Une voix autoritaire le tira abruptement de sa rêverie.

— Concentrez-vous !

— Un mélange d'argile et de sable, soupira-t-il lorsqu'il parvint enfin à se souvenir de la question que Joy lui avait posée.

Quand la jeune femme essuya sa main sur son jean, il vit ses propres doigts lui caresser la cuisse, remonter insidieusement éprouver le galbe de sa hanche...

— Bravo ! Les diverses études géologiques réalisées révèlent également la présence de grès et de schiste.

— Je sais tout cela !

Une brise tiède s'était levée et portait vers Wade le parfum grisant de fleurs d'oranger de sa compagne. Au prix d'un gros effort, il poursuivit :

— J'ai acheté ce ranch justement parce que les conclusions des experts étaient prometteuses.

Joy leva le menton.

— Alors pourquoi voulez-vous arrêter les opérations ?

— Je veux seulement les suspendre, corrigea-t-il en luttant contre l'envie de la prendre dans ses bras. Jusqu'au retour de votre patron.

Le regard vert de la jeune femme prit la couleur d'une mer déchaînée.

— Nous pouvons réussir sans lui.

— Je sais que vous en êtes convaincue, soupira Wade.

— Mais pas vous, n'est-ce pas ?

Il hésita. Il avait beau savoir que les affaires et les sentiments ne faisaient pas bon ménage, et se répéter qu'il ne devait pas laisser son attirance pour une jolie foreuse influencer ses décisions, il était incapable de réduire les espoirs de Joy à néant. Il ne voulait pas être le responsable de la tristesse et de la déception qui assombriraient inévitablement ses jolis yeux s'il exprimait plus radicalement ses doutes concernant l'issue des forages.

— Comment se fait-il que vous soyez certaine de trouver du pétrole ici ? demanda-t-il pour gagner du temps.

Joy rougit et baissa les yeux.

— C'est difficile à expliquer.

Wade lui serra doucement l'épaule. Il voulait la comprendre, pour pouvoir enfin lui faire confiance.

— Essayez toujours.

Les sourcils froncés, la jeune femme fixa le cactus qu'elle venait de déraciner avec la pointe de sa botte.

— Mon père dit toujours que savoir où creuser est un mélange de science, de considérations financières et d'intuition.

Elle se mordit la lèvre inférieure.

— Qu'êtes-vous en train de me dire ?

— Que j'ai vu Big Jim travailler. Il a cette part d'intuition. Ce don de sentir le pétrole. Et ce don, je l'ai, moi aussi.

Puis, prenant une profonde inspiration, elle affronta le regard de Wade.

Contrairement à ce qu'elle redoutait, sa confidence ne fut ni mal accueillie ni l'objet de moquerie.

— Alors, vous sentez du pétrole sur mon ranch, dit Wade avec un hochement de tête entendu.

— Si fort que je ne peux pas le décrire, chuchota-t-elle.

Incapable de contenir son étonnement, elle observa :

— Vous ne semblez pas surpris.

— Sans doute parce que pour ma part, j'ai un don pour repérer les meilleurs investissements.

Wade lui encercla la taille des deux mains et l'assit sur le plateau de l'Expedition.

— J'ai su très tôt que j'avais la faculté d'évaluer la rentabilité de n'importe quel placement.

— Quel âge aviez-vous ? voulut savoir Joy.

Après s'être installé à côté d'elle, il prit la Thermos et lui tendit la timbale remplie de jus d'orange délicieusement frais.

— J'avais dix ans quand j'ai vendu ma collection de timbres pour acheter ma première action.

Il sourit à ces souvenirs.

— Je l'ai revendue quinze jours plus tard en empochant un énorme bénéfice que j'ai aussitôt réinvesti dans de l'or.

— Comment ont réagi vos parents ? demanda Joy avec curiosité.

— Ils étaient un peu inquiets de voir que pendant que les autres enfants jouaient aux billes ou au gendarme et aux voleurs, moi je dévorais toutes les revues financières. Mais ils m'ont laissé libre d'investir mes économies comme je l'entendais.

— C'est-à-dire ?

Joy recoiffa la Thermos de la tasse vide.

— J'ai acheté des actions et des obligations. J'avais déjà compris l'intérêt de diversifier mon portefeuille.

— Vous étiez très précoce, murmura-t-elle avec admiration.

Wade hocha la tête. Il était fier de ce qu'il avait accompli, et sans savoir pourquoi, il était heureux de partager son expérience avec Joy.

— Quand je suis rentré à l'université, j'avais largement de quoi financer mes études.

— Vos parents devaient être ravis.

Joy balança les jambes d'avant en arrière.

— D'autant plus qu'ils avaient l'éducation de mes trois frères à assurer, acquiesça Wade.

La tête penchée sur le côté, il poursuivit :

— Après l'obtention de mon diplôme, je me suis aperçu que surveiller mes investissements était un travail à plein temps, alors j'ai renoncé à chercher un emploi. De toute façon, j'avais largement de quoi vivre avec ce que je gagnais en Bourse, et même de quoi faire de nouveaux placements. Alors j'ai commencé à acheter des concessions pétrolières.

Joy secoua la tête.

— Vous êtes vraiment quelqu'un.

— Vous aussi, Joy.

Wade lui prit la main et savoura la douceur de sa peau.

— Je n'ai jamais rencontré une femme comme vous.

La jeune femme rougit mais ne tenta pas de se libérer.

— J'espère que c'est un compliment.

Ils flirtaient, s'aperçut tout à coup Wade. Comment en étaient-ils arrivés là ? Quand leur discussion de travail avait-elle dévié ?

Joy s'était fait la même réflexion. Elle prit une inspiration tremblante et arracha sa main à l'étreinte de son compagnon.

— Pour en revenir à nos moutons, vous savez comme moi qu'il y a des dizaines d'impondérables dans un forage d'exploration.

Wade leva les yeux au ciel.

— Dans le cas de celui-ci, je dirais qu'il y en a une centaine.

Le regard intense, sa compagne se pencha vers lui.

— Avez-vous entendu parler de Hugh Roy Cullen ?

— Bien sûr.

— Alors vous connaissez la devise de ce célèbre foreur.

— « Creusez toujours un peu plus profond que les autres », cita Wade.

Elle hocha la tête.

— C'est exactement ce que je veux faire.

Quand des cris retentirent en haut du derrick, ils levèrent les yeux et virent Gus lever le pouce en signe de victoire. Quelques secondes plus tard, le trépan glissa lentement hors du puits.

Un sourire radieux aux lèvres, Joy donna une bourrade à Wade.

— Le destin nous fait un signe. Nous devons poursuivre le forage.

Bien que n'étant pas superstitieux, Wade se surprit à accepter de laisser Joy et son équipe continuer les forages en l'absence de Big Jim. Après s'être assurée que le trépan fonctionnait de nouveau normalement et que Gus n'avait pas besoin d'elle sur la plate-forme, la jeune femme regagna son appartement avec Wade.

— Laissez-moi juste me changer, dit-elle en se dirigeant droit vers sa chambre. Ensuite, nous nous occuperons de votre réception pour vos parents.

Avec une grimace, elle soupira.

— Le seul problème, c'est que je ne dois plus avoir grand-chose de propre à me mettre.

Wade l'avait suivie et s'était adossé nonchalamment à la porte de sa chambre. Loin de la gêner ou de l'irriter, l'intimité qui se développait entre eux la ravit. Elle était très à l'aise avec lui, beaucoup plus qu'elle ne l'aurait dû...

Wade considéra les piles de linge sale au pied du lit.

— On dirait que vous avez besoin d'aide, souligna-t-il en considérant les vêtements éparpillés. Si vous voulez, vous pouvez faire tourner une lessive ou deux chez moi pendant que nous travaillons à l'organisation de la réception.

Joy n'hésita pas une seconde. Elle savait qu'elle n'aurait jamais le temps de passer à la laverie automatique de Laramie.

— Marché conclu.

Wade lui fit un clin d'œil.

— Si vous me trouvez un traiteur, je vous apprendrai à faire du bon café.

Pendant qu'il portait les deux énormes sacs qu'elle avait remplis de linge à sa camionnette, Joy s'en fut retrouver Gus pour lui relater sa conversation téléphonique avec son père.

— McCabe ne sait pas encore que Big Jim va devoir rester en Amérique du Sud pendant plusieurs mois, n'est-ce pas ? devina le foreur en s'épongeant le front avec son bandana.

— En fait, il ignore tout de la découverte de ce gisement, avoua Joy.

Désireuse d'éviter un sermon, elle leva la main et s'empressa d'ajouter :

102

— Avec un peu de chance, il ne l'apprendra pas avant que nous ayons trouvé du pétrole nous aussi.

— Tu risques gros, avertit Gus, la mine sombre.

Surtout maintenant que Wade et elle étaient devenus plus proches, plus complices, songea Joy avec un serrement de cœur.

— Je n'ai pas le temps de m'inquiéter, dit-elle fermement. Pour l'instant, je dois aider Wade à organiser une fête.

— Je n'en reviens pas que nous ayons tout fait en trois heures, s'étonna Wade. Nous avons engagé un traiteur, un fleuriste, un orchestre, un photographe et même des voituriers.

Ce n'était pas difficile quand on savait ce que l'on voulait et qui contacter, pensa Joy avec un léger sourire tandis qu'elle se rendait dans la buanderie jouxtant la cuisine pour mettre une seconde lessive en route.

— Nous avons vraiment eu de la chance, se réjouit-elle en sortant du sèche-linge une brassée de vêtements tièdes et parfumés à la lavande.

— Ce n'est pas une question de chance, protesta Wade en la soulageant de son fardeau pour le poser sur le plan de travail. Je vous ai écoutée parler avec tous ces gens. Vous saviez ce que vous faisiez.

Nombreux étaient ceux qui affirmaient que Joy avait hérité de sa mère le sens de l'organisation. Cependant, elle préférait de loin penser qu'elle avait le don de son père pour flairer un gisement de pétrole.

Déterminée à rester le plus près possible de la vérité sans pour autant en révéler trop sur elle-même, la jeune femme admit :

— J'ai organisé quelques dîners professionnels quand j'étais à Dallas.

— Que faisiez-vous, déjà ?

Wade plia une serviette pendant que la jeune femme lissait un T-shirt.

— Coordinatrice d'événements spéciaux pour une fondation caritative.

— Ce travail ne vous plaisait pas, devina Wade.

Joy était tellement énergique et pleine de vie qu'il ne l'imaginait pas derrière un bureau, assise toute la journée.

Tout en pliant un pyjama de coton, la jeune femme murmura :

— J'aimais savoir que j'étais utile aux plus démunis.

Puis elle expliqua encore :

— Cette fondation sponsorise notamment la scolarisation dans des pays du tiers-monde, elle accorde des subventions aux jeunes artistes, elle finance la recherche médicale. J'étais chargée d'aider à attirer l'attention du public en organisant des dîners de bienfaisance.

— Ce devait être intéressant.

— Certes.

— Mais ?

Joy fit la grimace.

— Je travaillais avec ma mère.

Wade haussa un sourcil.

— C'est grâce à elle que vous aviez eu votre poste ?

Lorsqu'il ramassa un soutien-gorge de dentelle tombé sur le carrelage, la jeune femme rougit et s'empressa de le lui prendre des mains.

— J'aimerais pouvoir dire que j'ai été engagée uniquement pour mon sens du contact et de l'organisation, dit-elle en enfouissant le sous-vêtement sous une chemise. Mais en vérité, ma mère préside la fondation.

— Etait-ce difficile de travailler avec elle ?

« Pas autant que de devoir constamment surveiller mes paroles quand je suis avec vous », pensa Joy.

— Disons que ma mère est envahissante quand elle se met en tête de me ramener sur le droit chemin, soupira-t-elle.

Wade eut un sourire compatissant. Il avait lui aussi une mère qui prétendait savoir mieux que quiconque ce qui était bien pour lui.

— Par où passe ce chemin, selon elle ?

Joy pinça les lèvres.

— Je vous l'ai dit : par le mariage avec un garçon de bonne famille.

— Et vous n'êtes pas de son avis.

— Je refuse d'épouser un homme pour son pedigree.

— Mais vous aimeriez vous marier, non ? insista Wade.

Depuis qu'elle le connaissait, Joy n'était plus si farouchement opposée à l'idée de fonder une famille, en effet…

— Plus tard, acquiesça-t-elle. Quand j'aurai assis ma carrière.

Incapable de contenir sa curiosité, elle demanda :

— Et vous, Wade ? Envisagez-vous de vous marier ?

— Vous êtes bien curieuse…, railla Wade en lui tapotant le bout du nez.

Il était si proche qu'elle sentait la chaleur qui émanait de son corps musclé. Luttant contre le trouble qui l'envahissait, elle se détourna et s'affaira à ranger le linge dans un sac.

— Surtout quand on hésite à me répondre, rétorqua-t-elle d'un ton badin.

Wade s'adossa au plan de travail.

— Je n'ai pas spécialement envie de passer devant un juge de paix. J'aimerais juste que ma vie personnelle soit aussi satisfaisante que ma vie professionnelle. Alors, une longue et belle histoire d'amour me conviendrait parfaitement.

Joy, elle, savait depuis longtemps qu'elle ne se contenterait jamais d'un concubinage. Une liaison, même officielle, même passionnée, même couronnée d'enfants, ne lui suffirait pas. Peut-être parce qu'elle n'avait jamais accepté le divorce de ses parents ? Ou simplement parce qu'elle était vieux jeu ?… En tout cas, le jour où elle unirait son destin à celui d'un homme, ce serait devant Dieu et devant les hommes, et pour toujours.

— Et des enfants ? demanda-t-elle, le cœur étrangement lourd. Vous en voulez ?

Pourquoi était-elle si triste de s'apercevoir que Wade et elle ne partageaient pas la même conception de l'amour ?

Il éluda sa question.

— Et vous ?

Elle lut dans son regard qu'il attachait une énorme importance à sa réponse. Et à tout ce qu'elle disait et faisait.

— Bien sûr, répondit-elle franchement. Je sais que ce ne sera pas facile d'élever des enfants en poursuivant la carrière que j'ai choisie, mais… oui, je veux des enfants.

Wade lui sourit avec chaleur.

— Vous êtes pleine de ressources. Si quelqu'un peut tout concilier, c'est bien vous.

— Merci.

Sa confiance bouleversa Joy. Durant quelques secondes, ils se perdirent dans les yeux l'un de l'autre. Puis la jeune femme baissa la tête. Elle ne voulait pas se souvenir de la douceur de ses baisers et de la force enivrante de ses bras refermés autour d'elle. Et surtout, elle s'en voulait d'espérer qu'il allait encore l'embrasser.

Pour se soustraire à la tentation de lui offrir ses lèvres, elle se réfugia dans la cuisine.

— Vous n'avez pas répondu à ma question, rappela-t-elle par-dessus son épaule. Voulez-vous des enfants ?

Wade la rejoignit d'un pas nonchalant.

— Jusqu'à présent, je n'en ai pas eu l'envie.

A sa grande surprise, il était moins catégorique depuis que Joy était entrée dans sa vie.

Sans un mot, cette dernière se mit à rincer leurs tasses dans l'évier. Comprenant que sa réponse l'avait déçue, Wade s'efforça de détendre l'atmosphère. Tout en lui prenant les tasses des mains pour les poser dans le lave-vaisselle, il dit d'un ton taquin :

— Si vous voulez devenir maman, vous devez améliorer vos talents culinaires, Joy. Sinon, vos bébés mourront de faim.

Les bras croisés, Joy le fusilla du regard.

— Vous voulez encore me faire changer, maugréa-t-elle.

— Je préfère penser que cela se fait tout naturellement et que le processus est réciproque, murmura-t-il en lui caressant la joue.

— Moi, je vous fais changer ? s'étonna Joy, qui contint un frisson de plaisir.

« Et comment ! » faillit-il s'écrier. Il la connaissait depuis quelques jours seulement et, déjà, il lui en avait plus révélé sur ses aspirations et ses sentiments qu'à quiconque dans toute sa vie d'homme. Elle l'amenait à douter du bien-fondé de sa décision de garder ses distances avec les femmes. Quand il était avec elle, il éprouvait le besoin de lui ouvrir entièrement son cœur et son âme.

Cependant, il ne pouvait pas lui dire à quel point elle le bouleversait. Il était trop tôt. Elle risquait de s'imaginer qu'il lui débitait des compliments dans le seul but de l'attirer dans son lit.

Il haussa les épaules et répondit à la dernière question de la jeune femme.

— Vous m'apprenez que se fier à son instinct est important pour trouver du pétrole.

« Et suivre les élans de mon cœur », aurait-il pu ajouter.

Consterné, il vit le regard de la jeune femme s'assombrir. Comme si elle avait espéré une autre réponse.

— Je dois partir, dit-elle en se dirigeant vers l'entrée, la tête haute, le dos raide. Je reviendrai plus tard récupérer le reste de mon linge.

— Entendu.

Wade n'avait pas envie qu'ils se quittent déjà. Cependant, ne trouvant pas d'argument susceptible de la retenir, il soupira avec résignation.

— Je ferais bien de me mettre au travail. Je n'ai pas encore consulté les cours de la Bourse.

Jamais il n'avait attendu la mi-journée pour s'occuper de ses investissements. En temps normal, à cette heure-ci, il avait déjà passé ses ordres et dressé un état de ses avoirs.

Joy se tourna. Même si elle avait passé la moitié de la nuit à travailler, elle était ravissante et éclatante de fraîcheur, s'émerveilla Wade. Des mèches folles encadraient son joli visage doré par le soleil, ses seins ronds pointaient librement sous son T-shirt. Elle n'était manifestement pas consciente de son charme, de sa sensualité, mais Wade, lui, en était bouleversé. Rien qu'à la regarder, il sentait le feu prendre dans ses reins.

— Vous allez appeler votre courtier ? demanda Joy.

Il fit de son mieux pour cacher son émoi.

— J'effectue mes transactions moi-même en me connectant à un site spécialisé sur Internet. Voulez-vous que je vous montre comment je m'y prends ?

Joy lutta contre la panique.

— Eh bien… je suis un peu pressée. Justement, si vous pouviez me raccompagner au site…

Renonçant à lutter contre son désir de profiter encore un peu de sa compagnie, Wade l'entraîna dans son bureau.

— Vous avez bien deux minutes, dit-il en la faisant asseoir devant son ordinateur portable.

Debout derrière elle, il allongea le bras et cliqua sur l'icône du navigateur. Quelques secondes plus tard, la une de *USA Today* s'affichait sur l'écran…

Mortifiée, Joy lut : « Découverte d'un important gisement de pétrole en Amérique du Sud ».

Dans l'espoir de sauver la situation, elle feignit de perdre l'équilibre et pressa l'interrupteur de l'ordinateur. L'écran devint noir.

Mais Wade réagit aussitôt. Il ralluma. Le cœur battant à se rompre, Joy se leva.

— Vous savez quoi ? dit-elle d'un ton léger en lui caressant l'épaule. Je n'ai pas très envie de vous regarder travailler.

Wade tendit la main vers l'interrupteur.

— Je veux juste vous montrer comment on passe des ordres en Bourse. Il y en a pour cinq minutes.

Non, non. Pas question de le laisser se connecter sur Internet !

— Nous pouvons faire plus intéressant, chuchota-t-elle.

Et elle se glissa entre ses bras.

Aux grands maux les grands remèdes. La situation désespérée appelait des mesures désespérées.

Nouant les bras autour du cou de son compagnon, elle le força à reculer contre le mur et lui tendit les lèvres en une invitation sans équivoque.

La réaction de Wade ne se fit pas attendre. Avec un soupir passionné, il la plaqua contre lui et l'embrassa follement. Prise de vertige, elle tenta de se convaincre qu'elle voulait seulement gagner du temps, assurer son succès professionnel. Mais lorsque Wade l'étreignit plus fort, elle ne put retenir un gémissement de plaisir et sut qu'elle se mentait.

La vérité, c'est qu'elle était en train de tomber éperdument amoureuse de Wade McCabe. Et même si sa raison lui ordonnait de s'assurer que ses sentiments étaient partagés, avant de laisser libre cours à sa passion, son cœur resté trop longtemps solitaire la suppliait de ne pas laisser passer sa chance de se donner. Parce qu'elle n'avait déjà perdu que trop de temps à se conformer à la volonté des autres et à contenir ses propres désirs.

Et puis, pour la première fois, son corps demandait à être comblé. Vierge, Joy ne l'était pas seulement par romantisme. Certes, elle trouvait qu'il y avait une exquise désuétude à se marier « pure », comme on disait autrefois, et à avoir une « vraie nuit de noces »… mais ce n'était pas le fond. En fait, jusque-là, elle n'avait jamais rencontré d'homme qui la fasse suffisamment vibrer pour qu'elle ait envie de franchir le pas. Elle avait éprouvé du désir, bien sûr, et du plaisir, évidemment ; elle se savait sensuelle et sensible aux mains, au corps d'un homme. Mais personne, personne avant Wade ne lui avait communiqué une fièvre telle qu'elle désire devenir une femme.

Ce moment était-il arrivé ?

Wade ne s'était pas attendu que Joy l'embrasse. Mais peut-être aurait-il dû, pensa-t-il en parcourant les courbes de sa compagne avec une adoration fiévreuse.

Par peur de souffrir, Joy avait banni les hommes de sa vie. Mais la femme sensuelle qui sommeillait en elle refusait d'être ignorée plus longtemps. Alors, elle s'autorisait enfin à prendre des risques, à admettre leur attirance mutuelle.

Cependant, en dépit de l'ardeur avec laquelle la jeune femme répondait et se fondait contre lui, Wade perçut son manque d'expérience. Cela réveilla sa conscience et ses scrupules. Jamais il n'avait été du genre à profiter des faiblesses d'une femme.

Mais, quand, rassemblant toute sa volonté, il voulut se redresser et interrompre l'union torride de leurs lèvres, Joy le retint.

— Ne me laisse pas.

Incapable de résister à cette supplique, il replongea. C'était peut-être la magie de l'instant, l'effet d'une étrange alchimie, mais il ne s'était jamais senti le cœur aussi léger, il n'avait jamais tant voulu une femme et tant eu besoin de lui plaire.

Son cœur battit plus fort, son sang rugit dans ses veines. L'ouragan qui couvait en lui se déchaîna et menaça d'échapper à son contrôle. S'ils continuaient ainsi à se dévorer mutuellement, il n'y aurait plus de retour possible.

Résolu à se comporter en gentleman, il repoussa doucement Joy.

— Si nous ne nous reprenons pas…, prévint-il, le souffle court

Le regard étincelant de passion, Joy revint contre lui.

— Quoi, Wade ? Que se passera-t-il ? demanda-t-elle avec un sourire provocant.

— Ça.

Nouant un bras possessif au creux de ses reins, il la plaqua contre son ventre en feu. Puis, de sa main libre, il emprisonna l'un de ses seins dans sa paume. Joy palpitait de désir.

Contrairement à ce que Wade espérait, Joy ne se déroba pas. Au contraire, elle se cambra à la rencontre de ses caresses et se hissa sur la pointe des pieds pour lui offrir sa bouche.

La sueur au front, le cœur battant la chamade, il lutta contre son désir.

— Je voudrais pouvoir te faire l'amour, chuchota-t-il d'une voix tremblante. Crois-moi.

Oui, il aurait volontiers tout donné pour aller jusqu'au bout de leur passion et étancher la soif qu'il avait de Joy.

La tête penchée sur le côté, cette dernière lui sourit.

— Qu'attends-tu ?

— Tu n'es pas du genre à vouloir une aventure sans lendemain, n'est-ce pas ?

— Peut-être pas. Mais j'ai toujours rêvé d'être emportée par la passion.

Il secoua la tête.

— Tout le monde en rêve. Cela ne veut pas dire que cela doit t'arriver maintenant.

Joy ne voyait pas les choses de cette manière, se dit-il quand la jeune femme leva le menton.

— Tout le monde n'a pas le courage de suivre les élans de son cœur, riposta-t-elle.

Avec un soupir, il appuya le front contre celui de Joy.

— Pour de bonnes raisons.

Estimant que les actes valaient mieux que les longs discours, Joy ondula contre Wade.

— Je veux perdre la tête au moins une fois dans ma vie, murmura-t-elle. Et je veux que ce soit avec toi.

La ferveur contenue dans sa voix fit fondre les résolutions chevaleresques de Wade. Vaincu, il souleva Joy dans ses bras, la porta dans sa chambre. Dès qu'il la posa sur le grand lit, elle se débarrassa de son T-shirt d'un mouvement fluide et lui révéla la splendeur de ses seins.

Wade se pencha et en goûta la chair ferme, satinée, excitante. Puis il enleva à Joy ses bottes et son jean, avant de l'embrasser partout : les cuisses, le ventre, les seins, le cou, les épaules, tandis que ses mains pressées découvraient les plaines et les collines du corps de la jeune femme.

Ivre de désir, Joy s'arqua à la rencontre de son amant. Comme elle aimait qu'il mordille ainsi tendrement ses seins, s'attarde à lécher les pointes, qui s'épanouissaient sous sa langue ! Et comme elle aima aussi qu'il erre sur son ventre, ourle de baisers légers son nombril, la courbe de ses hanches, s'insinue doucement sous la dentelle du slip !

— Oui…, gémit Joy alors qu'il poussait impatiemment le jeu plus loin.

En la trouvant brûlante et moite de passion, Wade perdit tout contrôle. Il se redressa, ôta vivement son T-shirt et son jean, puis il renversa Joy sous lui.

Il crut défaillir de plaisir quand la jeune femme noua les jambes autour de ses reins.

— Tu es sûre ? murmura-t-il alors.

« Oui », fit-elle d'un battement de cils en l'attirant à elle.

— Suis-je le premier ?

Un autre battement de cils.

— Je m'en doutais un peu…, murmura-t-il de nouveau. Je dois donc être raisonnable pour deux.

Il tendit le bras vers son pantalon, fouilla dans sa poche et en sortit de quoi les protéger. Puis, incapable de refréner plus longtemps sa passion, il plongea délicatement dans la douce chaleur de sa compagne.

Une seconde à peine, Joy se raidit. Wade s'immobilisa, laissant le temps à la douleur de s'éteindre et au désir de prendre sa place. Voluptueusement, il plongea plus loin. Comme s'ils s'étaient toujours connus, leurs corps se trouvèrent. Alors, commença une lente danse amoureuse.

Heureuse et ivre… Joy se sentait heureuse et ivre, tandis que Wade allait et venait en elle. Spontanément, elle le suivait, ondulait avec lui. L'instinct et l'amour lui servaient d'expérience.

— C'est bon, chuchota-t-elle. Si bon…

— Et cela peut être encore bien meilleur, répondit Wade à son oreille. Peut-être pas cette fois, mais…

Joy comprit ce qu'il voulait lui dire. Et, sans plus penser à rien, elle s'abandonna dans les bras de Wade à la découverte d'elle-même.

Alanguie de plaisir, Joy se lova amoureusement contre son amant. Elle n'en revenait pas de s'être comportée avec autant d'impudeur et de liberté. Tout était allé si vite…

— Je sais ce que tu penses, chuchota Wade en la caressant tendrement.

Avec un soupir de bien-être, elle frotta la joue contre son épaule.

— Quoi ?

— Tout est allé trop vite.

Comme d'habitude, il lisait dans son esprit avec une facilité déconcertante, constata-t-elle avec étonnement.

— Et pourtant, ajouta Wade, je ne regrette rien. Toi et moi ensemble…

Il secoua la tête.

— C'était magique, Joy. Vraiment magique.

L'émerveillement qui perçait dans sa voix ramena Joy à la réalité. Qu'avait-elle fait ? Qu'avaient-*ils* fait ?

Mais comment aurait-elle pu rester lucide alors que Wade était la sensualité incarnée, quand un seul de ses baisers lui donnait l'impression d'être au paradis ? se demanda-t-elle, douloureusement consciente. Il était l'homme de sa vie, elle en était certaine.

Cependant, elle admettait que le destin capricieux les avait fait se rencontrer au mauvais moment, quand elle ne pouvait pas se permettre de lui donner la franchise et l'honnêteté qu'il attendait d'une femme.

Soucieux, Wade s'écarta légèrement et la dévisagea.

— Tu as peur pour notre relation de travail, n'est-ce pas ?

Elle roula sur le ventre et cacha son visage dans l'oreiller.

— Tu es un client, rappela-t-elle au bord des larmes.

Parce qu'elle lui mentait depuis le début, parce qu'elle avait accepté un contrat sans en avoir l'autorité, elle n'aurait jamais dû, en plus, se donner à lui. Dans quelle situation s'était-elle mise ?

De son côté, Wade ne voulait voir que la beauté de ce qu'ils avaient partagé. Tout en embrassant Joy dans le cou, il effleura l'un de ses seins.

— Essayons de séparer les choses, déclara-t-il.

Joy le fixa avec réprobation.

— Nous n'aurions jamais dû les mélanger.

En disant cela, elle pensait surtout au moment où elle s'était jetée au cou de Wade dans le seul but de… de l'empêcher de se connecter à Internet. Ensuite, bien sûr, elle s'était prise au jeu du plaisir et des sentiments. Mais elle n'était pas fière de ses premières motivations. Que se passerait-il si Wade les devinait ? Il serait fou de rage et s'imaginerait qu'elle avait fait l'amour avec lui par tactique.

— Je t'ai embrassé sur une impulsion, tint-elle à préciser.

Et elle ajouta :

— Je n'avais pas l'intention d'aller plus loin.

— Je le sais, chuchota Wade.

Il releva la tête pour plonger son regard intense dans celui de la jeune femme.

— Moi aussi, j'ai été emporté par la passion qui explosait entre nous.

— C'est vrai ? murmura Joy avec émotion.

— C'est encore vrai, précisa Wade en lui prenant la main pour la poser sur son ventre.

Les yeux clos, elle savoura les sensations qui montaient en elle alors qu'elle découvrait qu'il la désirait de nouveau.

— La passion n'est pas une excuse à ma conduite, gémit-elle.

D'autant plus qu'elle mentait depuis le premier jour.

Soudain incapable de supporter la pensée que sa trahison allait éloigner Wade d'elle pour toujours, elle bondit hors du lit et courut à la salle de bains.

— Tu as raison, dit Wade en se lançant à sa poursuite.

L'adossant au lavabo, il lui prit le visage en coupe dans ses mains.

— Mais tu sais quoi ?

Du pouce, il caressa ses lèvres, puis vint frôler la pointe déjà dure de ses seins. Il sourit quand elle ferma les yeux et gémit de plaisir.

— Nous n'avons pas besoin d'excuse. Il nous faut juste du temps pour nous habituer à l'évolution de notre relation.

Soudant ses lèvres aux siennes, il pressa son ventre en feu contre les hanches de sa compagne. Joy chavira et s'agrippa à ses épaules.

— Comment peux-tu encore… ? Cela ne fait que…

— Je sais.

Il la fit reculer dans la cabine de douche et ouvrit les robinets en grand. Dans les bras de Wade, Joy se sentait belle, entièrement femme et heureuse de l'être.

Mais elle ne méritait pas tant de passion, tant d'adoration, lui rappela sa conscience.

— Ce n'est pas raisonnable, protesta-t-elle faiblement. Nous ne devons pas…

Wade la réduisit au silence d'un baiser torride.

— Laisse-moi t'aimer, chérie.

— Un problème ? demanda-t-elle une heure et demie plus tard en voyant Wade empocher son téléphone portable avec un soupir excédé.

— Enorme, confirma-t-il sombrement.

Après s'être aimés sous la douche et, encore une fois, plus tendrement, plus longuement, sur les draps froissés, ils avaient partagé une tasse de café puis plié le reste du linge de Joy.

La jeune femme avait cessé de ruminer ses remords et de s'énumérer toutes les raisons pour lesquelles ils n'auraient pas dû devenir amants. Refusant de s'interroger davantage sur l'avenir de leur relation, elle avait décidé de vivre leur passion au jour le jour en attendant d'avoir trouvé du pétrole.

Dès qu'elle se serait sortie du guêpier dans lequel elle s'était mise, elle avouerait tout à Wade, s'était-elle promis. D'ici là, elle prierait pour qu'il comprenne pourquoi elle n'avait pas été franche avec lui et pour qu'il lui pardonne.

Le visage consterné, Wade expliqua :

— On a livré à la salle des fêtes un colis qui m'était destiné.

— Sais-tu ce qu'il contient ?

— Le cadeau que je vais offrir à mes parents : la maquette de la nouvelle aile de l'hôpital.

Secouant la tête, il soupira :

— Si quelqu'un leur parle de ce colis, ils vont se demander pourquoi on m'a livré à la salle des fêtes et ils comprendront que je prépare quelque chose.

Quand il la prit dans ses bras et déposa un baiser d'une tendresse infinie sur ses lèvres, Joy fut très tentée de croire qu'il était follement amoureux d'elle.

— Heureusement, ajouta-t-il à son oreille tout en la serrant contre lui pour mieux savourer la chaleur de son corps, la secrétaire m'a assuré qu'il n'y a aucun événement prévu à la salle des fêtes aujourd'hui. Alors, nous pouvons aller récupérer mon paquet et en profiter pour repérer les lieux et voir si nous n'avons oublié aucun détail pour la réception.

Il l'incluait si facilement dans sa vie, dans ses projets, constata la jeune femme avec émotion…

— Je n'ai pas dit que j'avais le temps de t'accompagner, plaisanta-t-elle pour cacher son trouble.

Il lui sourit avec une assurance toute masculine.

— Tu en as très envie, je le sais.

Renonçant à mentir, Joy nicha sa main dans la sienne et le suivit hors de la maison. Ils arrivèrent à la salle des fêtes juste comme la secrétaire s'apprêtait à partir.

— Votre paquet est dans la remise, dit-elle en tendant un trousseau de clés à Wade. Vous n'aurez qu'à remettre les clés dans mon tiroir et tirer la porte en partant.

— Je suis impatient de découvrir la maquette, dit Wade.

Joy sourit et embrassa sa joue rasée de près.

— Tu ne l'as pas encore vue ?

Il était si beau dans sa veste de sport poil de chameau et sa chemise western dont le bleu pastel faisait ressortir son teint hâlé…

— On m'a seulement soumis un projet.

Avec d'infinies précautions, Wade dégagea la maquette de sa protection de polystyrène et la sortit du carton.

Joy écarquilla les yeux. La maquette avait été construite avec le plus grand soin, tout était représenté dans les moindres détails :

les larges fenêtres ouvertes sur le parc planté de chênes et de pins, les allées bordées de buissons d'hibiscus, le parking à trois étages, les malades qui prenaient le soleil sur les bancs de pierre… Il était évident que la future aile pédiatrique de style typiquement texan se marierait parfaitement avec le bâtiment principal.

— C'est magnifique, souffla-t-elle.

Wade sourit avec satisfaction tandis qu'elle faisait le tour de la maquette pour mieux l'admirer.

— Je pense que mes parents seront contents, dit-il avec fierté.

— Ils vont adorer, prédit Joy.

En entendant une porte claquer, elle leva un regard interdit vers son compagnon.

— Je croyais que nous étions seuls ?

— Moi aussi.

Les sourcils froncés, Wade courut à la porte de la remise.

— Qui est-ce ? demanda Joy quand il jura dans sa barbe et se précipita pour éteindre la lumière.

Une seconde plus tard, elle eut la réponse.

9.

— Je te l'avais dit ! s'écria John McCabe. Wade n'est pas ici.

Sa voix profonde résonnait dans le bâtiment désert.

— Alors, que fait sa voiture devant l'entrée ? répliqua Lilah.

Joy perçut la tension de Wade alors qu'il fermait doucement la porte de la remise. Elle en devina aisément la cause. Si ses parents voyaient la maquette, sa surprise serait gâchée.

— Wade avait sans doute des courses à faire en ville, réfléchit John à voix haute. Viens, chérie, rentrons.

Son épouse ne parut même pas l'entendre.

— Pourquoi la salle des fêtes est-elle ouverte alors qu'il n'y a pas de réception ?

— Comment pourrais-je le savoir, chérie ?

Joy frémit en entendant des pas approcher de la remise.

— Je m'inquiète pour notre fils, déclara Lilah.

— Il va très bien, assura John.

— Il n'est pas heureux, insista Lilah. Il ne pense qu'à son travail.

John soupira longuement. De toute évidence, ce n'était pas la première fois qu'ils avaient cette discussion.

— Nous n'aurions jamais dû le laisser gagner tout cet argent si jeune, se lamenta Lilah.

— Tu crois que nous aurions pu l'arrêter ? rétorqua son mari. Allons, chérie, on ne peut rien contre la nature des gens. Wade a un don pour les affaires, il devait forcément être un autre Donald Trump. De même qu'avec notre désir de soigner notre prochain, nous ne pouvions que travailler dans le domaine médical.

— Avoir tant d'argent n'est pas une bonne chose, insista Lilah. Les gens ne voient que votre fortune, pas vos qualités.

C'était vrai, acquiesça Joy en silence. Elle-même avait toujours eu l'impression que ses relations étaient plus attirées par son nom et le nombre de zéros de son compte en banque que par sa personnalité.

— Jamais il ne se mariera, se désespéra Lilah.

— Ce n'est pas l'argent qui l'empêche de nouer une relation sérieuse, répliqua John. C'est son incapacité à s'ouvrir aux autres.

Son épouse soupira tristement.

— Je sais. Je voudrais tant que nos quatre fils fondent une famille et soient heureux.

— Ne te fais pas de souci, tout ira bien, affirma John avec optimisme.

A son grand soulagement, Joy entendit les parents de son compagnon s'éloigner. Quand la porte d'entrée se referma, Wade ralluma la lumière. A la crispation de ses mâchoires, Joy devina qu'il était gêné qu'elle ait entendu ce que ses parents pensaient de lui.

— Je suis désolée, dit-elle gentiment.

Elle comprenait d'autant mieux son humiliation qu'elle aussi avait maintes fois été en butte à la réprobation de ses parents.

Wade haussa les épaules.

— Ce n'est pas rien. Je suis habitué à entendre tout le monde dire que j'ai une calculatrice à la place du cœur.

Il la regarda brièvement puis se détourna.

— Le plus triste, c'est que mes parents ont raison. Garder mes distances me rassure.

Joy le comprenait. Après sa rupture avec Ben, elle était sortie uniquement avec des hommes qui n'avaient aucun désir de se marier ou de trouver l'âme sœur. Jusque-là, ces relations superficielles et sans saveur lui avaient suffi.

Wade soupira longuement.

— Je sais que je dois apprendre à ouvrir mon cœur. Pour que nous soyons vraiment proches, il faut que tu puisses tout me dire. Comme ça.

Il claqua des doigts.

Joy se mordit les lèvres. Elle aurait tant voulu que ce soit si simple.

Il l'étudia intensément.

— Mais tu ne peux pas, n'est-ce pas ? devina-t-il tristement.

« Pas encore », pensa-t-elle, le cœur serré.

— Bientôt, promit-elle.

— D'accord.

La déception qu'elle lut sur le visage de son amant avant qu'il ne lui tourne le dos la consterna.

— Wade…

Elle le retint par le coude.

— J'ai mes défauts, moi aussi, avoua-t-elle en étudiant son regard torturé. Cela ne veut pas dire que nous devons renoncer à mieux nous connaître.

— Tu as raison.

Wade l'enlaça par la taille et lui caressa la joue.

— Je suis trop pressé. Je veux toujours tout et tout de suite.

Il l'embrassa longuement, passionnément. Le cœur débordant d'amour, elle s'abandonna à ses sensations déchirantes.

Lorsqu'ils se séparèrent, ils tremblaient tous deux de passion contenue. Consciente que l'endroit et le moment étaient mal choisis pour laisser libre cours à leur désir, Joy recula d'un pas.

— Nous ferions bien de partir.

Sachant que s'il continuait à savourer le goût fruité de ses lèvres, il allait perdre la tête et la coucher à même le sol pour lui faire

122

subir les plus délicieux outrages, Wade rangea la maquette dans son carton. Sur un signe de sa part, Joy ouvrit la porte de la remise.

Ils se trouvèrent alors nez à nez avec Lilah et John McCabe.

— J'avais raison ! s'écria Lilah en donnant un coup de coude à son mari. Je savais que nous n'avions pas regardé partout.

John considéra son fils et Joy avec étonnement.

— Que faites-vous ici, tous les deux ? interrogea-t-il sans préambule.

— Et qu'y a-t-il dans cette boîte ? ajouta Lilah en fixant le carton que Wade portait dans les bras.

Wade se hâta de poser le colis sous le bureau de la secrétaire.

— C'est mon cadeau pour les mariés. On me l'a livré ici par erreur.

Lilah l'enveloppa d'un regard soupçonneux.

— Je connais cet air innocent, Wade. Tu me caches quelque chose.

Wade réfléchit fébrilement. S'il ne faisait pas diversion, sa surprise pour ses parents serait gâchée.

Prenant Joy par la main, il déclara :

— J'ai demandé à Joy d'être ma cavalière pour la réception de mariage, vendredi soir.

Comme les ongles de la jeune femme lui labouraient le poignet, il se hâta de préciser :

— Mais elle ne m'a pas encore donné sa réponse.

— Pourquoi hésitez-vous, Joy ? demanda Lilah. Vous verrez, les jeunes mariés sont adorables.

Désemparée, Joy se tourna vers Wade.

— Explique-leur, toi.

Il dit la première chose qui lui vint à l'esprit.

— Joy a du mal à se comporter en société. Elle est mal à l'aise car elle ne se trouve pas assez féminine.

Lilah cligna des yeux.

— Je ne comprends pas.

Le regard pétillant de malice, Wade sourit à Joy. Il avait l'occasion de faire d'une pierre deux coups : préserver sa surprise et amener sa compagne à venir à la fête de ses parents.

— Autant tout leur avouer, chérie.

« Tout ? » pensa Joy, horrifiée. Raconter à ses parents qu'ils avaient passé le plus clair de la journée à faire l'amour ?

Les joues en feu, elle lui pinça discrètement le bras.

— Wade, je ne crois pas que...

Il lui tapota la main.

— N'aie pas peur, mes parents ont l'esprit large.

Il sourit à sa mère.

— Joy m'a demandé... ou plutôt, j'ai proposé de lui apprendre à être plus féminine. J'ai fréquenté suffisamment de jeunes filles de bonne famille pour être à même de l'aider.

Lilah leva les bras au ciel.

— Ça y est ! Tu recommences.

— Quoi donc ? demanda Joy.

Avec un long soupir, John expliqua :

— Wade a la manie de vouloir transformer toutes ses petites amies.

— Talents culinaires, élégance vestimentaire, bonnes manières, aspirations professionnelles... Wade se mêle de tout, déplora Lilah.

Avec un regard sévère à son fils, elle ajouta :

— Il refuse de comprendre que quand on aime vraiment une femme, on l'accepte comme elle est.

— S'il vous ennuie, cassez-lui la figure, conseilla John pince-sans-rire.

Un étau glacé enserra le cœur de Joy. Depuis toujours, elle vivait dans l'angoisse d'être rejetée parce qu'elle n'était pas ce que l'on attendait d'elle. Cela lui était déjà arrivé avec Ben. Etait-ce vraiment ce qui l'attendait avec Wade ? Allait-elle encore affronter ce terrible sentiment d'échec, endurer la honte de ne pas être à la hauteur ?

Quand Wade avait manifesté le désir de l'aider à être plus féminine, elle avait accepté d'écouter ses conseils parce qu'elle avait cru qu'il s'intéressait sincèrement à elle et voulait la voir épanouie et heureuse. Mais maintenant qu'elle découvrait qu'il agissait ainsi avec toutes les femmes, elle était beaucoup moins encline à la docilité.

— J'ai bien envie de vous prendre au mot, John, marmonna-t-elle en serrant les poings.

L'idée de donner une petite leçon à Wade lui semblait tout à coup très séduisante.

— Nous nous égarons, intervint Wade. Pour en revenir à la raison de notre présence ici, Joy hésite à venir à la soirée parce qu'elle ne sait pas danser.

Avec un petit rire, il confia :

— Je dois avouer qu'elle n'a vraiment pas le sens du rythme.

Ignorant royalement le regard meurtrier de la jeune femme, il poursuivit :

— Je lui ai donc proposé de venir reconnaître les lieux et d'en profiter pour prendre un petit cours de danse.

Soupirant à fendre l'âme, il écarta les bras.

— Mais comme je n'arrive pas à faire marcher la chaîne stéréo, nous avons décidé d'aller nous exercer chez moi. Tel que tu nous vois, nous allions partir.

Les mains sur les hanches, Lilah considéra son fils avec exaspération.

— Tu t'attends que je te croie ?

— C'est la vérité, n'est-ce pas, Joy ?

Wade s'efforça de conserver une expression angélique. Il détestait mentir à ses parents, même pour la bonne cause. D'un autre côté, il était soulagé d'avoir trouvé un prétexte pour justifier la présence de Joy à son côté. Il ne tenait pas à ce que sa mère cherche à en savoir plus sur leur relation.

— Tu veux apprendre à danser.

D'un regard implorant, il invita Joy à confirmer ses dires.

— Je peux toujours essayer, marmonna-t-elle.

Eperdu de soulagement et de reconnaissance, il l'enlaça par la taille. Il voulait faire bien plus que lui enseigner le tango ou la salsa, il voulait l'embrasser à en perdre le souffle, lui faire l'amour passionnément.

— Comme vous pouvez l'imaginer, reprit-il à l'adresse de ses parents, Joy et moi avons fort à faire si nous voulons briller sur la piste de danse. Vous risquez de nous voir souvent ensemble.

Lilah fronça les sourcils et se tourna vers Joy.

— J'espère que mon fils vous a prévenue qu'il s'agit d'une réception habillée, s'inquiéta-t-elle. Si vous voulez, je peux vous aider à trouver une robe…

— C'est inutile, coupa Wade. La maman de Joy vient de lui offrir une magnifique robe du soir. Il ne me reste plus qu'à lui acheter des chaussures.

Il adora la rougeur qui envahissait les joues de la jeune femme et la lueur belliqueuse qui brillait dans son regard. Elle refusait de se laisser manipuler. Bien, se réjouit-il, l'amener à accepter de paraître à son bras vendredi soir n'en serait que plus excitant.

— Alors, Joy ? demanda-t-il. Crois-tu que nous serons au point vendredi ?

Il n'avait pas mis beaucoup de romantisme dans sa proposition. Mais il allait immédiatement y remédier.

Prenant la main de Joy, il mit un genou en terre.

— Me feras-tu l'honneur et le plaisir d'être ma cavalière ?

— Comment as-tu pu ? ragea Joy dès que les parents de Wade s'éloignèrent vers leur voiture.

Elle était vexée et blessée parce qu'elle croyait qu'il l'avait invitée à la soirée uniquement pour donner le change à ses parents, devina Wade.

Il avait été totalement sincère. Il tenait à l'avoir avec lui pour cette soirée importante. Mais il sentait que la convaincre de sa sincérité allait être très difficile. Mieux valait attendre d'être dans un endroit tranquille. Quand ils seraient seuls, il pourrait lui montrer de mille manières combien il tenait à elle.

— Au départ, je voulais seulement que ma mère oublie de m'interroger sur le contenu du carton, admit-il, mais…

Il fit clin d'œil taquin.

— … je suis très heureux que tu aies accepté mon invitation.

— Comme si tu m'avais laissé le choix, fulmina Joy.

Les poings sur les hanches, elle le foudroya du regard.

— Il fallait bien que je te fasse taire, sinon tu aurais fini par leur révéler Dieu sait quoi sur nous.

— Tu aurais pu essayer un autre moyen.

D'un bras tendre mais ferme, Wade l'attira tout contre lui. En retrouvant la chaleur enivrante de son corps mâle et la divine brûlure de sa bouche sur la sienne, Joy oublia sa colère et s'abandonna à la vague de plaisir qui déferlait sur elle.

Quelques minutes plus tard, Wade rompit leur baiser torride et lui sourit. Le souffle court, les cheveux en bataille, elle secoua la tête.

— Tu es infernal ! maugréa-t-elle.

— Je peux l'être dix fois plus, promit-il le regard brillant de promesses sensuelles. Mais je préfère attendre que nous soyons quelque part où personne ne viendra nous déranger. Pour l'instant, allons plutôt chercher les chaussures qui iront avec ta jolie robe.

Joy cligna des yeux.

— Je pensais que tu plaisantais.

Wade adorait quand elle avait les joues rosies par la passion et les lèvres gonflées par l'ardeur de ses baisers. S'il s'était écouté, il lui aurait fait l'amour là, sur le bureau de la secrétaire.

S'il était fou d'elle après seulement quelques jours, qu'éprouverait-il dans une semaine ? s'interrogea-t-il en récupérant sa maquette. Déjà, il ne supportait pas d'être loin d'elle. Quand ils étaient ensemble, le temps passait à la vitesse de l'éclair, et quand ils étaient séparés, chaque minute lui semblait une éternité.

Ce devait être ça, l'amour, pensa-t-il tandis qu'ils regagnaient sa voiture. Ce besoin viscéral de l'autre, de lui appartenir pour toujours, cette ivresse du cœur et des sens, cette certitude d'avoir trouvé l'âme sœur et de ne pouvoir vivre sans elle.

Soudain, à sa grande surprise, l'idée de se marier ne l'angoissait plus autant. Avec Joy à ses côtés, il se sentait capable de soulever des montagnes et de faire face à toutes les situations.

— Chérie, quand il s'agit de t'offrir ce qu'il y a de plus beau, je suis toujours sérieux.

Secrètement ravie, Joy se serra plus étroitement contre lui alors qu'il lançait le moteur de son 4x4.

La nuit tombait quand ils sortirent du magasin du cordonnier après avoir commandé des bottes sur mesure.

— Veux-tu dîner en ville ? proposa Wade. Je connais un petit restaurant très agréable.

A regret, Joy déclina son invitation. Elle se sentait déjà terriblement coupable d'avoir déserté le site de forage pratiquement toute la journée.

— Je dois rentrer. Les autres vont se demander où je suis passée.

Durant le trajet, ils parlèrent uniquement de la réception en l'honneur de Lilah et John. A la grande joie de Wade, Joy était aussi impatiente que lui de voir la réaction de ses parents. Cependant, l'excitation de la jeune femme retomba d'un coup quand elle vit la Cadillac blanche immatriculée BETTY C devant son mobile home.

— Quelqu'un que tu connais ? s'enquit Wade qui avait remarqué l'affaissement de ses épaules.

— Ma mère, soupira-t-elle. J'aurais dû me douter qu'elle viendrait jusqu'ici pour essayer de me convaincre de rentrer à Dallas.

— Dis-lui que ce n'est pas si simple, que tu as un travail et des attaches ici, suggéra Wade.

Cela ne ferait aucune différence, pensa Joy avec amertume. Tout ce qui comptait pour Betty, c'était d'éloigner sa fille de tout ce qui avait un rapport avec le pétrole.

Elle gémit sourdement à la perspective d'une autre confrontation houleuse avec sa mère.

— Laisse-moi venir avec toi, dit Wade. Je pourrai peut-être lui expliquer…

— C'est inutile.

Elle ne voulait pas qu'il parle avec Betty. Il risquait d'apprendre beaucoup trop de choses.

— Je peux me débrouiller.

Wade fronça les sourcils. Il répugnait à la laisser affronter seule une situation difficile.

— Tu es sûre ?

— Certaine.

Betty entra dans le vif du sujet dès l'instant où sa fille mit le pied dans le mobile home.

— As-tu perdu la tête ? Tu ne dois pas financer tes… caprices avec ton argent !

— Ce n'est qu'une avance, se justifia Joy. Je me rembourserai avec la vente du pétrole que j'aurai trouvé.

— Et si ton puits se révèle sec, que feras-tu ?

Comme toujours, Betty était l'image même de l'élégance et du raffinement. Sa coupe courte soulignait l'ovale de son visage. Son tailleur noir haute couture très sobre mettait sa parure de diamants en valeur. Son maquillage discret était parfait. On aurait pu croire qu'elle passait son temps chez le coiffeur ou dans les instituts de beauté. Cependant, Joy savait qu'il n'en était rien. Sa mère employait ses journées à gérer la fondation, à interviewer les nombreux demandeurs de bourses et de subventions et à trouver de nouvelles idées pour recueillir des fonds. Le soir, elle présidait des galas de charité. Elle était une Wonder Woman texane.

Comme toujours, à côté d'elle, Joy se sentit comme le vilain petit canard, elle mesura combien elle était insignifiante et négligée. Rouge d'embarras, elle se hâta de s'asseoir à la table de la cuisine pour cacher ses bottes poussiéreuses et son jean troué au genou.

— Il y a du pétrole sous ce terrain, je le sens, affirma-t-elle.

Betty leva les yeux au ciel.

— Si ton père était là, je l'étranglerais.

Au comble de la nervosité, Joy se releva d'un bond et se mit à arpenter la cuisine. Elle s'étira et fixa le derrick par la fenêtre.

— Big Jim ne m'a jamais encouragée à devenir foreuse, loin de là.

Betty s'approcha, ses talons aiguilles martelant le linoléum boueux. Lorsqu'elle étudia avec réprobation la pile d'assiettes sales dans l'évier et les fouillis de boîtes de conserve et de paquets de céréales ouverts sur le plan de travail, Joy faillit expliquer qu'elle n'avait pas eu le temps de ranger ou de faire la vaisselle dans son appartement parce qu'elle avait passé la nuit à essayer de débloquer le trépan. Elle se retint de justesse, sachant que ses justifications ne changeraient rien. Betty ne réprouvait pas uniquement sa négligence domestique. Elle n'acceptait tout simplement pas la vie et la carrière que sa fille avait choisies.

— Ton père te mettait constamment au défi de trouver où il y avait du pétrole, rappela-t-elle.

Joy leva les bras au ciel.

— Allons, maman, c'était un jeu qu'il avait inventé pour m'occuper, quand j'étais enfant.

Voyant que sa mère secouait la tête en étudiant le linoléum, Joy s'empara d'un rouleau d'essuie-tout et d'un spray de nettoyant ménager.

— Je savais que je n'aurais pas dû te laisser passer tes vacances avec ton père, maugréa Betty.

— Papa n'y est pour rien. Je suis faite pour forer.

— Sois raisonnable, Joy ! Pense à ton avenir.

— C'est ce que je fais, justement !

Jetant une poignée de feuilles de cellulose sur le sol, Joy les traîna sous ses bottes dans tout le salon.

— Ta place est à la fondation, déclara Betty.

— Non, maman.

Joy rebroussa chemin vers elle et frotta les traces boueuses qu'elle avait manquées.

— La fondation est ta passion, pas la mienne.

Betty fronça les sourcils.

— Alors trouve-toi une passion, toi aussi.

— C'est fait.

— Je parle d'un métier *féminin*.

Le front buté, Joy patina de plus belle.

— Je déteste les choses féminines.

— Pour l'amour du ciel ! explosa Betty. Quel homme sain d'esprit s'intéresserait à une foreuse ?

— Moi.

Les deux femmes se retournèrent d'un bloc. Wade se tenait dans l'encadrement de la porte.

— Je ne voulais pas vous interrompre, s'excusa-t-il.

Betty écarquilla les yeux.

— Qui êtes-vous ?

— Wade McCabe, à votre service, madame.

Betty foudroya le nouvel arrivant d'un regard glacial.

— Ne me dites pas que vous encouragez ma fille dans ses aspirations insensées.

Après avoir posé sur la table le sweat-shirt que Joy avait oublié dans sa voiture, Wade entreprit d'aider la jeune femme à ramasser les carrés d'essuie-tout trempés.

— Après l'avoir vue travailler, oui, je la soutiens.

Il se redressa et regarda la mère de la jeune femme droit dans les yeux.

— Joy mérite le respect et l'admiration de tous, croyez-moi.

Betty le soumit à un examen détaillé, étudiant attentivement ses cheveux coupés court, ses traits virils, ses lèvres au dessin ferme et sensuel, notant la qualité de sa veste, ses bottes de cuir souple faites main. Satisfaite de ce qu'elle voyait, elle s'intéressa ensuite à la nature des relations que ce bel homme entretenait avec sa fille.

— Monsieur McCabe, personne n'épousera Joy si elle persiste dans cette voie.

D'un revers de main négligent, Wade lança son chapeau sur le buffet. Puis il enlaça Joy par la taille et l'attira contre lui.

— Tout homme digne de ce nom respectera le choix de carrière de Joy, dit-il d'un ton sans réplique.

Il enveloppa la jeune femme d'un regard chaleureux et tendre.

— Je ne vois pas pourquoi elle devrait en changer.

Betty haussa un sourcil.

— Vous ne mâchez pas vos mots, monsieur McCabe.

— Je ne fais que défendre mon... amie, répliqua Wade.

— Je comprends.

Surprenant le sourire en coin de Betty, Joy faillit gémir tout haut. Sa mère n'avait pas à approuver ou encourager sa relation avec Wade. Sa vie privée ne concernait qu'elle.

— Cependant j'estime que ma fille ne devrait pas..., commença Betty.

Désireuse d'éviter une discussion trop personnelle, Joy se hâta d'intervenir.

— Maman, le moment est mal choisi pour parler d'affaires de famille.

« Ou de questions financières », pensa-t-elle nerveusement en redoutant que sa mère apprenne à Wade d'où venait l'argent qui finançait les forages sur son ranch.

Betty regarda sa montre et fronça les sourcils. Récupérant son sac Gucci et ses clés de voiture, elle se leva et regarda sa fille droit dans les yeux.

— Je dois partir. Mais ne t'imagine pas que notre discussion est close.

Quand les feux arrière de la Cadillac disparurent au bout du chemin, Joy poussa un long soupir de soulagement. S'apercevant que Wade la tenait toujours enlacée, elle se laissa aller contre lui et chuchota :

— Merci de m'avoir soutenue.

Puis, se sentant au bord des larmes, elle se dégagea et alla se servir un verre d'eau.

— Ma mère a le don de me blesser.

— Si tu veux en parler, dit Wade avec compassion, je suis là.

Sa tendresse eut raison de la réserve de la jeune femme. Le prenant par la main, elle le mena jusqu'au canapé et s'assit sur ses genoux.

— J'ignore comment mes parents ont pu tomber amoureux l'un de l'autre, soupira-t-elle. Mon père était un modeste employé dans une société de forage, ma mère était issue de la haute société de Dallas. Tout les séparait : ils n'avaient pas reçu la même éducation, ils avaient des goûts diamétralement opposés.

Confortablement blottie contre son torse réconfortant, elle poursuivit :

— Ils ont divorcé peu après ma naissance.

Wade porta sa main à ses lèvres et l'embrassa tendrement.

— On dirait qu'ils ont pris la bonne décision. Ils n'auraient pas été heureux ensemble.

— Tu as sans doute raison.

Joy appuya la nuque dans le creux de l'épaule de son amant et savoura le sentiment de sécurité qui l'habitait.

— D'après eux, il faut être issus du même milieu, avoir la même conception de la vie, les mêmes ambitions pour réussir un mariage.

— Je ne suis pas entièrement d'accord.

Wade dessina des arabesques légères sur son genou.

— Tu ne dirais pas ça si tu avais eu mon enfance, répliqua-t-elle d'un ton las.

Il enveloppa sa main dans sa large paume chaude.

— C'était difficile ?

— Pire que ça.

Joy se mordit la lèvre.

— J'étais constamment prise entre eux deux.

Avec un profond soupir, elle ajouta :

— Ma mère me voulait à son image : businesswoman élégante et sophistiquée. Quant à mon père, il a toujours estimé que la place d'une femme était à la maison.

— Il y a de quoi être désemparé quand on est enfant, compatit Wade.

— Le pire, s'écria la jeune femme d'une voix tremblante de frustration, c'est qu'encore maintenant, chacun refuse de voir qui je suis réellement.

Elle prit une profonde inspiration pour se calmer et refouler ses larmes.

— Je suppose que je ne le sais pas moi-même, admit-elle. Sinon, je ne serais pas encore en train de chercher ma voie à mon âge.

Wade sourit et enlaça étroitement ses longs doigts aux siens.

— Nous avons tous les deux le temps de comprendre ce que nous voulons faire de nos vies.

134

Il marqua une pause et la dévisagea attentivement.

— Quelque chose d'autre te chagrine.

Elle haussa les épaules.

— Tu as vu comment ma mère réagit face à mes aspirations professionnelles. Mon père ne me soutient pas davantage. J'ai peur qu'ils cessent de m'aimer si je refuse d'être la fille qu'ils veulent.

— Cela n'arrivera jamais, la rassura Wade en la serrant dans ses bras.

Avec un soupir de bien-être, elle s'abandonna à la chaleur de son étreinte et ferma à demi les yeux.

— Comment peux-tu en être certain ?

— Je te connais. Je sais que tu es une jeune femme très spéciale et qu'il faudrait être fou pour te rejeter. Tes parents sont peut-être exigeants, mais ils ne sont certainement pas fous.

Tendrement, Wade lui caressa les cheveux et l'embrassa sur la tempe.

— Je suis convaincu que tu peux porter plusieurs casquettes.

Perplexe, Joy le regarda brièvement par-dessus son épaule.

— Que veux-tu dire ?

— Tu peux être foreuse, maman dévouée et épouse aimante à la fois. Tu seras superbe dans les trois rôles.

La jeune femme se lova contre lui.

— Tu as le don de me remonter le moral.

Wade sourit en coin. Il voulait faire tant d'autres choses pour elle.

— J'espère que ce n'est pas mon seul talent.

Elle se retourna vivement.

— Wade !

L'excitation qui dansait dans ses prunelles vertes démentait son ton de reproche.

— Je suis passé voir Gus avant de te rapporter ton sweat-shirt, raconta Wade. Il m'a chargé de te prévenir que les résultats des derniers tests ne seront pas prêts avant deux bonnes heures. Alors puisque tu as du temps libre…

Wade se leva et la prit par la main. Elle le dévisagea avec incrédulité.

— Tu ne suggères tout de même pas que nous… ?

Il l'embrassa avec une ardeur qui ne laissait aucun doute sur ses intentions. En temps normal, il était lui aussi obsédé par son travail. Mais depuis qu'il la connaissait, il prenait conscience qu'il y avait une vie en dehors des variations des cours de la Bourse et des courbes de profit.

— Avec moi, tu peux te permettre d'être une femme comme tu en as envie. Je ne le dirai à personne, c'est promis.

Lorsqu'il s'arrêta près du lit, Joy le toisa avec hauteur.

— Je n'ai jamais dit que je voulais être une femme au sens où tu as l'air de l'entendre, c'est-à-dire une dame.

Amusé par l'irritation qui rosissait ses joues, Wade passa un doigt dans la ceinture de son jean et l'attira vers lui.

— Qu'aimerais-tu être ?

Elle soupira longuement.

— Une femme qui se soucie moins de son apparence que des sentiments qui habitent son cœur. Une femme qui est autant à son aise sur un site de forage qu'à un dîner mondain et qui n'a pas à s'excuser de porter un jean et des bottes six jours sur sept.

Wade mit ses mains en coupe autour de son visage.

— Tu es un garçon manqué dans l'âme, résuma-t-il avec tendresse.

Le souffle de sa compagne se bloqua dans sa gorge alors qu'il dessinait des cercles légers sur sa joue puis sur son cou.

— Je le serai toujours, le prévint-elle d'une voix sourde. Tu dois renoncer à faire de moi une lady. Je ne suis pas parfaite et je ne le serai jamais.

Le désir enflant dans ses veines comme un torrent en crue, Wade lui effleura gentiment les lèvres. Comme toujours, elle se sous-estimait. Cela devait cesser.

— C'est d'accord, murmura-t-il.

Après s'être assis sur le lit, il l'attira entre ses jambes.

— Mais je peux quand même essayer de t'enseigner quelques petites choses.

Alors qu'il se perdait dans son regard tumultueux, il faillit lui avouer qu'il l'aimait. Cependant, un dernier reste de prudence le retint. Joy risquait d'interpréter sa déclaration comme une ruse pour la convaincre d'oublier les forages afin de faire l'amour avec lui.

Il lui ouvrirait son cœur plus tard, quand elle le connaîtrait assez bien pour savoir qu'il ne mentait jamais. Pour l'instant, il allait se contenter de lui montrer ce qu'il éprouvait avec ses mains, sa bouche, ses yeux. Il allait l'aimer avec des caresses, des baisers, des sourires.

Quand il souligna les pleins et les déliés de son corps comme une flamme vive, Joy s'agrippa à ses épaules pour ne pas chanceler sous la violence des sensations.

— Tu ne pourras jamais t'empêcher d'essayer d'améliorer ta compagne, n'est-ce pas ? demanda-t-elle d'une voix rauque.

Avec un sourire de prédateur, il glissa une main entre eux pour lui déboutonner son jean.

— Probablement pas.

— Mais…

Tout en soulignant la finesse de sa taille de baisers torrides, il lui ôta sa chemise et son soutien-gorge.

— … je suis tout disposé à te laisser m'améliorer aussi.

Maintenant qu'elle y pensait, Joy aurait aimé changer quelques petites choses dans son caractère. Par exemple, l'amener à être moins autoritaire.

— Vu sous cet angle, soupira-t-elle en faisant glisser sa chemise sur ses bras musclés, je suis d'accord.

Sans cesser de se dévorer de baisers incendiaires, ils achevèrent de se dévêtir mutuellement. Lorsqu'ils tombèrent enlacés sur le lit, Joy oublia toute pensée cohérente. Après avoir longuement savouré la hardiesse des mains de son amant et la brûlure de ses lèvres sur chaque parcelle de son corps, elle se lança à son tour dans une exploration excitante, suivant avec admiration les muscles durs de ses épaules et de son torse pour ensuite longer le fin sentier de toison brune qui descendait sur son ventre plat.

Elle aimait tout de Wade. Elle voulait tout de lui.

La passion l'emplissant d'audace, elle le prit entièrement dans sa main et joua avec lui. L'accélération de sa respiration, le long frémissement qui le parcourut l'émerveillèrent. Elle n'aurait jamais cru avoir un tel pouvoir sur ses sens. Grisée par sa découverte, elle resserra le fourreau de ses doigts et accéléra ses mouvements, alternant caresses légères et pressions savantes, jusqu'à ce que, à bout, Wade se jette sur elle.

Unis dans un corps à corps fiévreux, ils se jetèrent dans un océan de plaisir et de sensations. Vague après vague, la tension grandit en eux jusqu'à ce que le raz-de-marée de la jouissance les emporte.

A la fois émerveillée et intimidée par la perfection de ce qu'ils venaient de partager, Joy enfouit le visage dans l'épaule de Wade. Tout aurait été parfait si elle avait pu tout lui avouer, pensa-t-elle le cœur serré. Plus ils s'attachaient l'un à l'autre, plus elle aurait du mal à lui dire qui elle était et comment elle en était arrivée à faire les forages sur son ranch. Certes, elle s'était promis de lui faire des aveux complets dès qu'elle aurait trouvé du pétrole. Mais s'il n'y avait aucun gisement sous le ranch ?

Résolument, elle refoula l'angoisse qui montait en elle. Elle ne pouvait pas se permettre d'être pessimiste. Même si son père et sa mère en doutaient, elle savait ce qu'elle faisait, elle avait du talent. La preuve : quand elle était enfant et qu'elle s'amusait à prédire la rentabilité des puits que creusait son père, elle ne s'était jamais trompée.

— Tu es bien silencieuse, commenta Wade en lui caressant le dos. Quelque chose te tracasse ?

Le cœur débordant d'amour et de tendresse, elle se blottit plus étroitement contre lui.

— Je déteste que quoi que ce soit nous sépare, dit-elle du fond du cœur.

Surtout maintenant qu'elle avait découvert combien elle l'aimait.

— C'est pour cela que nous sommes entièrement nus, plaisanta Wade.

Elle roula sur le côté et se souleva sur un coude.

— Je suis sérieuse. Je n'aime pas les secrets.

Mais si la chance lui souriait, bientôt, elle pourrait soulager sa conscience.

Wade soupira longuement.

— Je te comprends, je suis comme toi.

Un silence oppressant retomba entre eux alors que Joy ruminait sa culpabilité. Après quelques secondes, le visage de Wade s'adoucit.

— L'intimité n'est pas mon fort, admit-il.

Fixant le plafond, il ajouta :

— En fait, mon incapacité à me confier est mon plus gros défaut.

Joy faillit fondre en larmes quand elle comprit qu'il se croyait responsable de leur difficulté à communiquer.

— Tu n'as pas à t'excuser, chuchota-t-elle d'une voix tremblante.

Enlaçant ses doigts aux siens, Wade l'embrassa à la naissance du poignet et déclara :

— Je veux m'améliorer.

Il la prit par la taille et l'attira plus près.

— Demande-moi ce que tu veux et je te répondrai franchement, c'est promis.

Au grand soulagement de la jeune femme, la sonnerie du téléphone retentit. « Sauvée par le gong », pensa-t-elle en décrochant. Ce devait être Gus. Pourvu que les résultats des derniers tests soient bons !

Si elle avait la confirmation qu'ils étaient près de trouver du pétrole, elle pourrait enfin mettre un terme à une comédie qui lui devenait insupportable.

— Forages Wyatt, répondit-elle machinalement.

En entendant une voix inconnue à l'autre bout du fil, elle comprit que ses aveux devraient encore attendre. Après avoir pris connaissance de la raison de l'appel de son correspondant, elle ouvrit des yeux perplexes et tendit le combiné à Wade.

— C'est pour toi. Tes parents ont dit à ce monsieur qu'il pouvait te joindre ici.

10.

— Vous ne me ferez pas changer d'avis, dit sèchement Wade au téléphone.

Hochant la tête avec irritation, il poursuivit :

— Bien sûr que je connais la réputation de son père, mais cela ne me garantit pas son talent. Il est hors de question que je confie une opération de cette importance à un débutant.

Comme son interlocuteur continuait manifestement d'insister, il rétorqua avec impatience :

— Je me moque qu'il ait des idées avant-gardistes. Il y a tout simplement trop d'argent en jeu… Exactement. Au revoir.

Il raccrocha avec un soupir exaspéré.

— Quelque chose ne va pas ? s'enquit Joy.

Elle en avait assez entendu pour deviner de quoi il retournait. Cependant, elle espérait se tromper.

Wade s'adossa confortablement à la tête de lit.

— Le fils d'un architecte veut me convaincre de lui confier la construction d'un immeuble de bureaux à Houston. Comme j'ai déjà refusé son projet, il a demandé à un ami commun d'intervenir en sa faveur.

Il haussa les épaules.

— Tu as entendu ma réponse.

Joy commença à se rhabiller.

— As-tu au moins étudié son projet ? demanda-t-elle le cœur dans la gorge.

— C'est inutile. Je ne veux pas travailler avec lui.

Wade se leva à son tour et enfila son jean.

— Tu es injuste, accusa Joy.

— Peut-être, admit-il avec indifférence. Mais je préfère jouer la prudence.

D'une main tremblante, la jeune femme rattacha ses cheveux. L'attitude de son amant la décevait plus profondément qu'il ne pouvait l'imaginer et touchait un point très sensible.

Après avoir boutonné sa chemise, Wade se laissa tomber au bord du lit pour enfiler ses bottes.

— Ces jeunes sont tous les mêmes ! Ils sont convaincus d'avoir le talent de leur père.

Il secoua la tête.

— Malheureusement, ils n'ont pas la même dévotion à leur travail ni la même rage de réussir, parce qu'ils ont grandi à l'abri du besoin.

Sans remarquer que Joy blêmissait, il poursuivit :

— Ces enfants trop gâtés partent du principe que la réputation de leurs parents va automatiquement leur ouvrir toutes les portes et faire oublier leur manque d'expérience.

— Je continue à penser que tu es injuste de ne pas donner une chance à ce garçon, insista faiblement la jeune femme.

— Je préfère le laisser prouver sa valeur avec l'argent de quelqu'un d'autre.

Wade se leva nonchalamment et la prit dans ses bras.

— Je ne suis pas arrivé là où je suis en investissant dans des projets hasardeux.

Lui caressant le bas des reins pour la plaquer intimement contre lui, il lui chuchota à l'oreille :

— Où en étions-nous ?

« Je m'apprêtais à faire la plus grosse erreur de ma vie, pensa Joy. J'ai failli t'avouer que je suis la fille de Big Jim et que je suis convaincue d'avoir autant de talent que mon père. Et tu m'aurais traitée comme tu le fais avec ce jeune architecte qui espérait travailler avec toi. »

Trop amère pour s'abandonner encore une fois dans les bras de Wade, elle regarda sa montre.

— Les résultats des tests devraient être prêts.

Wade lui caressa les cheveux.

— Tu veux déjà retourner à la plate-forme ?

— Le plus tôt sera le mieux.

— De l'eau salée, informa Gus avec écœurement lorsqu'ils le rejoignirent devant les bacs de prélèvements.

Joy ravala un juron. Elle avait été certaine qu'ils approchaient du toit d'un gisement.

— Pas même une trace de gaz, soupira-t-elle.

— Alors, que faisons-nous ? interrogea Gus.

— Nous pourrions reboucher ce puits et chercher un autre endroit plus prometteur sur le ranch, suggéra Ernie.

— A moins que tu ne préfères creuser plus profond, ajouta Dieter.

Les trois foreurs braquèrent sur elle un regard interrogateur.

— Nous creusons plus profond, trancha-t-elle après avoir pris une profonde inspiration.

Se souvenant qu'elle devait quand même tenir compte de l'avis de celui qui avait investi le plus lourdement dans l'opération, elle se tourna vers Wade.

— Qu'en penses-tu ?

Il n'hésita pas une seconde.

— Continuons.

La confiance absolue qu'il lui témoignait accrut les remords de Joy. Il n'aurait pas eu cette attitude s'il avait su qu'elle était la fille de Big Jim, pensa-t-elle le cœur lourd. Parce qu'il serait parti du principe qu'elle se surestimait et n'avait pas forcément le talent de son père pour trouver du pétrole.

Cependant, elle avait gagné du temps, raisonna-t-elle pour se réconforter. Elle pouvait encore trouver un gisement et tout arranger.

— Remettons-nous au travail, les enfants, ordonna Gus à ses deux collègues.

Joy étudia les membres de son équipe. Ils étaient épuisés. Comme elle, ils travaillaient pratiquement vingt-quatre heures sur vingt-quatre depuis plusieurs jours et ils avaient grand besoin de repos. Mais comme elle venait de décider de poursuivre les forages, ils allaient encore trimer une bonne partie de la nuit, d'abord pour extraire la sonde du testeur du puits et ensuite pour remettre le trépan en place.

Désireuse de les encourager, elle proposa :

— Quelqu'un veut des sandwichs et du café ?

— Cela dépend, répondit Gus. C'est toi qui les fais ?

Comme les deux autres foreurs éclataient de rire, Joy les foudroya du regard.

— A cheval donné on ne regarde pas les dents.

— Ne vous inquiétez pas, les gars, lança Wade en la suivant vers la terre ferme. Je me charge du café.

A sa grande mortification, la jeune femme entendit les trois foreurs manifester bruyamment leur soulagement.

Une fois dans la cuisine de son mobile homme, elle soupira :

— Vous détestez tous mon café, n'est-ce pas ?

Wade s'efforça de faire preuve de tact.

— Ce n'est pas le meilleur que j'aie bu.

— Autrement dit, il est infect, marmonna Joy.

— Ce n'est pas grave, la réconforta son compagnon. Je vais m'en occuper.

— Je déteste me savoir incapable de faire quelque chose. Pourrais-tu…

Joy marqua une pause et se mordit les lèvres.

— Pourrais-tu me dire où je me trompe ? reprit-elle, résolue à mettre son orgueil dans sa poche. Je sais que tu fais un excellent café.

Un léger sourire aux lèvres, Wade croisa les bras.

— Je ne rêve pas ? Tu me demandes vraiment mon aide ?

Aussi loin qu'elle se souvînt, Joy avait mis un point d'honneur à se débrouiller seule dans tous les aspects de sa vie. Mais elle commençait à se demander si son obstination à vouloir prouver son indépendance n'était pas ridicule. Après tout, accepter des conseils pour préparer du café ne ferait pas d'elle une assistée.

— Je suppose que oui, répondit-elle du bout des lèvres.

Dans un sursaut d'orgueil, elle précisa :

— Mais seulement si tu promets de ne pas te moquer de moi.

— Parole de scout.

Riant doucement, Wade la prit dans ses bras. Comme toujours, ce qui avait commencé comme un baiser léger et tendre se transforma en une explosion de passion.

S'ils continuaient ainsi, pensa Joy en frissonnant de désir, Gus et les autres n'auraient jamais ni café ni sandwichs. Ils devaient se reprendre.

— Par où commençons-nous ? demanda-t-elle en s'arrachant aux lèvres de son compagnon.

Wade la suivit devant le plan de travail.

— D'abord, nous lavons la cafetière, indiqua-t-il en ouvrant les robinets en grand.

— C'est logique.

Ça, elle le faisait aussi, se dit Joy avec satisfaction. Jusque-là, tout allait bien.

Après lui avoir montré comment frotter et rincer le pot de verre, le porte-filtre et le réservoir à eau, son compagnon lui demanda :

— Où ranges-tu le café ?

— C'est le paquet rouge sur ta droite. A côté des pastilles pour le lave-vaisselle.

Elle l'admira à la dérobée, songeant avec émotion qu'il était toujours aussi beau et viril quand il était occupé à des tâches ménagères.

— Pourquoi fronces-tu les sourcils ? s'inquiéta-t-elle.

Il agita le paquet ouvert.

— Parce que le café doit être conservé hermétiquement clos et dans un endroit frais.

— Oh.

C'était donc pour cela que son café n'avait aucun arôme, comprit-elle avec consternation.

— Ce n'est pas très grave, la rassura Wade. Où sont les filtres ?

— J'utilise de l'essuie-tout.

Il hocha la tête.

— Je vois. Pour cette fois, nous nous en contenterons. Maintenant, donne-moi une cuiller à soupe, s'il te plaît.

Joy arracha péniblement son regard aux hanches étroites de son instructeur.

— Pour quoi faire ?

Si elle voulait retenir quelque chose de cette leçon, elle devait se concentrer, se sermonna-t-elle.

Elle secoua la tête. Regarder la bouche sensuelle de Wade n'était pas la meilleure solution. Elle devait s'occuper, ne pas penser à combien elle aimait ses baisers et la douceur de ses lèvres sur ses seins…

Résolument, elle ouvrit le réfrigérateur et en sortit du pain de mie, du jambon, du fromage et des olives. Comme elle s'apprêtait à refermer la porte, Wade allongea le bras et prit également de la mayonnaise, un reste de laitue et des tomates.

— Que ce soit pour préparer du café, un gâteau ou n'importe quel plat, il faut toujours doser les ingrédients et respecter les proportions, expliqua-t-il en rinçant les feuilles de salade.

Joy disposa les tranches de pain sur le plan de travail.

— Comment sais-tu tout cela ? demanda-t-elle avec curiosité.

Elle avait toujours méprisé les tâches ménagères. Cependant, elle enviait la compétence manifeste de Wade.

— Ma mère a tenu à apprendre à tous ses fils des rudiments culinaires. J'avoue que savoir nous préparer à manger nous a beaucoup servi à mes frères et moi.

Joy posa du jambon et du fromage sur chaque tranche de pain.

— Ma mère ne met jamais un pied dans sa cuisine, confia-t-elle. Quand elle veut manger quelque chose, elle passe sa commande dans le restaurant ou le bar le plus proche.

Après avoir coupé les tomates et les olives, Wade éminça les feuilles de salade.

— Et ton père ?

— Il est aussi doué que moi. Ou plutôt, c'est moi qui suis comme lui puisque c'est lui qui m'a appris le peu que je sais faire dans une cuisine quand je l'accompagnais sur des sites de forage.

Wade disposa les olives, la chiffonnade de laitue et les tomates sur le jambon puis coiffa le tout d'une tranche de pain tartinée de mayonnaise.

— Quel âge avais-tu ?

— Six ans quand j'ai fait mes premiers sandwichs au beurre de cacahuète. Huit quand mon père m'a chargée de préparer du café.

Joy fit la grimace et emballa les sandwichs dans du papier d'aluminium.

— Comme tu peux l'imaginer, le résultat a toujours été peu concluant et je n'ai jamais eu envie d'apprendre à cuisiner autre chose.

Le menton levé, elle précisa :

— Mais j'avais d'autres talents. Par exemple, je savais analyser des études géologiques en un clin d'œil et trouver le meilleur endroit où installer un derrick. Alors les ouvriers me respectaient.

Elle sourit, se remémorant combien elle avait adoré ces vacances avec son père.

— Tu devais déjà être quelqu'un, dit Wade avec admiration.

— Disons que je n'étais pas une petite fille modèle.

— Etait-ce difficile de te partager entre tes parents ?

Joy se rembrunit.

— C'était comme passer sa vie sur un fil. Je vivais dans la terreur qu'ils cessent de m'aimer comme ils avaient cessé de s'aimer. Et j'essayais tellement d'être à la hauteur des exigences de chacun que je n'osais pas être tout simplement moi-même.

— Et maintenant ? s'enquit Wade avec sollicitude. Es-tu moins sous pression ?

« Je suis encore plus angoissée, parce que je sais que je risque de te perdre à cause de mes mensonges », aurait pu répondre Joy, le cœur serré.

Pour cacher sa détresse, elle s'affaira à verser le café dans une Thermos qu'elle posa dans un panier avec les sandwichs, du sucre, du lait en poudre, des cuillers en plastique et des gobelets. Puis, voyant que son compagnon attendait toujours sa réponse, elle s'efforça de plaisanter.

— Tu voudrais que je sois détendue et sereine avec un homme qui s'attend à ce que je sois un cordon-bleu et à ce que je me comporte en femme du monde ?

— Touché.

Wade la prit dans ses bras et lui caressa les cheveux.

— Je suis désolé d'avoir dit que tu devais changer. Je t'aime bien comme tu es.

L'amour et la joie gonflèrent le cœur de la jeune femme.

— Moi aussi, chuchota-t-elle.

En fait, elle l'aimait tout court. Mais elle ne pouvait pas encore le lui dire.

— Tu t'apprêtais à me parler de quelque chose d'important quand le téléphone a sonné, se souvint Wade tandis qu'ils disposaient le café et les sandwichs sur le plateau de son Expedition.

Ils avaient décidé d'improviser un pique-nique loin du bruit assourdissant des machines, pour permettre aux foreurs de mieux se détendre.

— Cela peut attendre, murmura Joy.

Surtout maintenant qu'elle connaissait sa piètre opinion des débutantes et des enfants de millionnaires.

Au prix d'un gros effort, elle plaqua un sourire dégagé sur ses lèvres.

— De toute façon, ce n'était pas important.

D'une certaine manière, c'était vrai. Rien n'était important en dehors de l'immense amour qu'elle éprouvait pour Wade.

Elle lui dirait la vérité plus tard. Quand il aurait des raisons de lui pardonner.

— Où en êtes-vous ? s'informa-t-elle lorsqu'elle monta sur la plate-forme avec Wade pour appeler Gus et ses collègues.

Gus lui sourit et leva le pouce.

— Nous venons de remonter la sonde. Nous n'avons plus qu'à…

Le reste de sa phrase se perdit dans un grondement assourdissant qui semblait monter des entrailles de la terre.

Comme des violentes vibrations faisaient trembler la plate-forme, Joy se figea, son cœur s'emballa.

Du liquide noirâtre jaillit hors du puits et fusa vers le ciel.

— Le pétrole ! exulta Joy alors que ses compagnons au comble de la joie jetaient leurs casques en l'air. Nous avons trouvé !

Ignorant la pluie poisseuse et nauséabonde qui s'abattait sur la plate-forme, Wade prit la jeune femme par la taille et l'entraîna dans une valse endiablée.

— Tu es géniale ! Je savais que tu réussirais !

Depuis la découverte du gisement, Joy n'avait pas eu une minute à elle. Après avoir aidé Gus et les autres à ranger le matériel de sondage, elle avait arpenté le site à la recherche du meilleur endroit où creuser les puits d'exploitation, puis elle s'était mise en quête d'acquéreurs pour le pétrole.

Lorsque Wade arriva dans son bureau le vendredi en début d'après-midi, elle se jeta à son cou sans se soucier de qui pouvait les voir.

Même si elle avait encore beaucoup à faire, elle s'accorda l'ineffable plaisir de savourer quelques instants le doux vertige qui s'emparait d'elle alors que Wade l'embrassait avec une passion possessive.

Lorsqu'ils se séparèrent enfin, elle l'étudia intensément, admirant le brun lumineux de ses yeux, son visage hâlé, sa mâchoire anguleuse, sa bouche sensuelle. Son cœur se gonfla d'amour et de tendresse. Il était si beau, si viril ! Comment aurait-elle pu s'empêcher de s'attacher à lui ? Il lui était aussi indispensable que le soleil l'est à la terre.

Grâce à lui, elle avait découvert que faire des concessions n'équivalait pas à renier sa personnalité. Elle avait appris que deux personnes très différentes pouvaient quand même être faites l'une pour l'autre.

Tout en lui caressant la joue, Wade murmura :

— J'ai invité Gus, Ernie et Dieter à venir à la réception pour mes parents, ce soir.

150

Elle l'enveloppa d'un regard radieux. C'était si bon, si juste d'être dans ses bras, de travailler avec lui et pour lui, de partager sa vie.

— C'est très gentil de ta part.

— C'était le moins que je puisse faire.

Les sourcils froncés, elle s'inquiéta :

— Je doute qu'ils aient un costume dans leurs bagages.

— Je leur ai loué un smoking.

Regardant sa montre, Wade poussa un léger soupir.

— Je dois aller m'assurer que les préparatifs de la soirée progressent comme prévu. As-tu le temps de m'accompagner ?

Sans l'ombre d'une hésitation, Joy nicha sa main dans la sienne. Elle l'aurait suivi au bout du monde.

— Bien sûr.

A la salle des fêtes, c'était le chaos total. Le traiteur se disputait avec le fleuriste qui voulait installer les bouquets de fleurs sur les tables alors que les serveurs n'avaient pas encore fini de mettre le couvert. Les musiciens menaçaient de repartir s'ils n'obtenaient pas le silence pour répéter.

Quant au photographe et au cameraman, ils étaient prêts à en venir aux mains. L'un voulait faire modifier la disposition des tables, l'autre soutenait que changer la couleur des grappes de ballons et des nappes suffirait.

Paniqué, Wade regarda Joy.

— Tu crois que tu peux faire quelque chose ?

— Bien sûr.

Se perchant debout sur une chaise, Joy porta deux doigts à sa bouche. De l'avis de Wade, son sifflement s'entendit jusqu'à Dallas.

Aussitôt, tout le monde se tut.

— Je veux voir tous les responsables ici ! cria-t-elle en indiquant une table qui n'avait pas encore été dressée.

Dix minutes plus tard, elle avait écouté les doléances de tous, apaisé les esprits, trouvé des compromis et donné des consignes précises à chacun. Pour sa part, Wade se vit assigner la tâche d'accrocher la banderole de bienvenue.

A 7 heures, tout était fin prêt. La salle des fêtes était décorée comme Wade l'avait souhaité, un diaporama résumant la carrière de Lilah et John McCabe passait en continu sur l'écran plat accroché au mur du fond, la maquette de l'aile pédiatrique recouverte d'un drap de velours bleu et or était installée sur une estrade.

— Tu crois que mes parents seront surpris ? demanda Wade, le front soucieux.

« Autant que je l'ai été de tomber amoureuse de toi », répondit Joy en silence.

Elle le rassura d'un sourire et d'un hochement de tête.

— Meg m'a appelée sur mon portable il y a dix minutes. Ils croient toujours qu'ils se rendent au dîner de mariage des cousins du maire. Aux dernières nouvelles, ton père refusait catégoriquement de se mettre en smoking.

Wade n'était nullement surpris. Il connaissait l'aversion de son père pour les costumes et les cravates.

— Et ma mère ?

— Elle a menacé de ne plus lui adresser la parole, raconta Joy en riant. Bien entendu, il a aussitôt rendu les armes.

Wade eut un soupir de soulagement.

— Dieu soit loué.

Joy considéra son jean et ses bottes.

— En parlant de tenue de soirée, pourrais-tu me ramener au site ?

— Bien sûr.

Après s'être assurés que tout était fin prêt, ils remontèrent dans la voiture de Wade. Durant tout le trajet, Joy fut tentée d'avouer à son compagnon qui elle était et comment elle avait pu réussir à forer son terrain. Mais une fois encore, elle estima que le moment

152

était mal choisi. Apprendre à quel point elle lui avait menti risquait de contrarier Wade et de gâcher sa soirée.

Elle pouvait attendre demain, résolut-elle après mûre réflexion. Ensuite, il n'y aurait plus de mensonges, plus de faux-fuyants entre eux. Elle serait absolument honnête et elle jurerait de ne plus jamais rien lui cacher.

Après s'être arrêté devant son mobile home, Wade vint lui ouvrir sa portière et l'embrassa tendrement.

— Je reviens te prendre dans une heure. Cela te suffira ?

Ce serait juste pour transformer une foreuse garçonne en princesse texane. Mais Joy était prête à relever tous les défis pour voir l'admiration illuminer le regard de celui qu'elle aimait.

— Je serai prête.

Quand Joy lui ouvrit la porte, Wade resta muet de saisissement. Il avait eu raison, elle pouvait être foreuse pétrolière accomplie le jour et femme du monde le soir.

Avec ce chignon tressé qui dégageait l'ovale de son visage et mettait la délicatesse de son cou en valeur et cette robe qui semblait cousue sur ses courbes sensuelles, Joy était splendide, elle incarnait le rêve de tout homme.

Cependant, elle n'était pas tout à fait prête, constata-t-il après avoir suivi d'un regard de braise la fente audacieuse qui courait sur le côté du fourreau de soie. Elle était encore pieds nus.

— Je suis en avance, la rassura-t-il. Nous avons encore dix minutes devant nous.

D'une main tremblante d'énervement, Joy indiqua les tennis, les bottes et les tongs qui jonchaient le salon.

— Je ne peux pas venir à ta soirée. Je n'ai rien à me mettre aux pieds.

Sachant qu'elle passerait son temps sur la plate-forme avec Gus, Dieter et Ernie, elle n'avait pas pris la peine d'emporter des chaussures habillées dans ses bagages.

— Nous avons oublié de passer prendre les chaussures que tu m'as fait faire, ajouta-t-elle avec un soupir excédé. A cette heure-ci, le cordonnier sera fermé.

Des étincelles malicieuses pétillèrent dans les yeux de Wade.

— *Tu* as oublié, corrigea-t-il. Moi non. J'ai fait livrer tes escarpins chez moi, en même temps que les smokings pour Gus, Dieter et Ernie.

Avec un grand sourire, il agita la boîte enrubannée de satin rose qu'il cachait derrière son dos. Puis, recouvrant son sérieux, il s'agenouilla devant Joy, comme un chevalier s'apprêtant à jurer fidélité et obéissance à sa souveraine.

Il était aussi beau en jean qu'en smoking, songea Joy, éperdue d'admiration et d'émotion. Rien qu'en respirant son parfum de bois de santal et de cuir, elle sentait son désir s'éveiller, elle était impatiente de pouvoir de nouveau embrasser son corps sexy.

Sur un signe de Wade, elle s'assit sur le canapé et tenta de contrôler les battements précipités de son cœur. Ce n'était pas d'avoir enfin trouvé du pétrole qui l'emplissait d'allégresse et d'excitation. C'était d'avoir trouvé l'amour de sa vie, de savoir qu'ils avaient désormais une chance d'être heureux ensemble.

Wade laça ses souliers de satin, caressant l'intérieur de ses cuisses au passage. Elle frissonna légèrement et se perdit dans ses prunelles alors qu'il se redressait et l'attirait contre lui.

— Tu es belle à faire damner tous les saints du paradis, chuchota-t-il. Si je m'écoutais…

D'un doigt léger, il suivit une veine qui battait follement sur son cou.

— Tu sais ce que j'ai envie de te faire, n'est-ce pas ?

— Je crois le deviner, murmura Joy tandis qu'il l'étreignait.

154

Incapable de résister à la tentation, il l'embrassa longuement. Un baiser en appela un autre, puis un autre, jusqu'à ce que Joy rassemble sa volonté chancelante et s'arrache aux bras de son compagnon.

— Il vaut mieux arriver avant tes parents pour voir leur réaction, tu ne crois pas ?

11.

— J'avais raison, l'autre jour, dit triomphalement Lilah à son fils quand Joy et lui quittèrent la piste de danse après une samba endiablée. Tu n'avais pas amené Joy ici pour lui apprendre à danser.

Gêné d'avoir menti, Wade tenta de se justifier.

— Joy avait quand même besoin de quelques conseils.

John lui adressa un sourire railleur.

— D'après ce que je viens de voir, c'est plutôt ta petite amie qui devrait te donner des cours.

Joy sourit. Elle était heureuse et soulagée de constater que les parents de Wade approuvaient sa relation avec leur fils.

— J'étais très vexée quand Wade m'a proposé de m'aider à devenir plus féminine, expliqua-t-elle. Alors j'ai décidé de lui jouer un tour.

Wade l'attira plus près.

— Pour finir, c'est moi qui ai appris quelques petites choses.

Lilah sourit affectueusement à celle qu'elle considérait déjà comme sa future belle-fille.

— Je suis ravie pour vous, Joy. Il était temps que Wade accepte une femme comme elle est.

Le problème, pensa Joy en se mordant les lèvres, c'était que, justement, Wade ignorait qui elle était. Mais elle ne voulait pas penser à sa réaction quand il l'apprendrait. Pour ce soir, elle était

156

Cendrillon au bras de son prince. L'heure du retour à la réalité sonnerait bien assez tôt.

— Tout va pour le mieux entre Wade et toi, commenta Meg Lockhart quelques minutes plus tard.

Joy feignit l'étonnement.

— Pourquoi dis-tu ça ?

Pour se donner une contenance, elle prit un des verres de punch disposés en étoile sur le buffet d'apéritifs et d'amuse-gueules.

— Tu rayonnes de bonheur, expliqua son amie du ton de l'évidence.

Tout en sirotant quelques gorgées de cocktail, Joy regarda Wade qui était en grande conversation avec ses frères de l'autre côté de la salle. Il était le plus beau et le plus séduisant de tous les hommes présents. Rien qu'en le regardant, elle se sentait chavirer d'amour et d'admiration.

— Quant à Wade, ajouta Meg, je ne l'avais encore jamais vu en adoration devant une femme. Et pourtant, je le connais depuis l'enfance.

— La robe que ma mère m'a envoyée fait beaucoup d'effet, dit modestement Joy.

Mais au fond d'elle-même, elle savait que ses efforts pour se mettre en valeur avaient porté leurs fruits et elle en était ravie. Wade avait peut-être un peu raison : sous ses dehors masculins bravaches, elle était coquette et elle aimait se savoir séduisante et féminine.

Le visage grave, Meg demanda :

— A propos de Betty, a-t-elle réussi à te joindre ?

Joy secoua la tête.

— Elle a laissé plusieurs messages sur mon répondeur hier, mais j'ai oublié de la rappeler.

Elle allait payer cher sa négligence, elle le sentait. Nul ne pouvait ignorer Betty Corbett impunément.

Meg fronça les sourcils.

— Tu sais quand même qu'elle est à Laramie depuis cet après-midi, n'est-ce pas ?

Joy faillit en lâcher son verre.

— Elle est passée me voir à l'hôpital, raconta Meg. Elle espérait que je savais où tu étais.

Joy porta une main tremblante à son front.

— Tu ne lui as pas dit que nous avions trouvé du pétrole, j'espère ?

Si Betty apprenait la nouvelle, elle redoublerait d'efforts pour ramener sa fille à Dallas.

— Elle était déjà au courant, informa Meg. Mais ne t'inquiète pas, je lui ai dit que tu aidais Wade à organiser sa réception et que, par conséquent, tu serais très prise jusqu'à demain.

« Une dizaine d'heures de répit. Merci, Seigneur ! » pensa Joy.

— Comment a-t-elle réagi ?

— Elle a paru étonnée et heureuse.

Evidemment, pensa Joy avec humeur. Savoir sa fille occupée à autre chose qu'à forer un puits avait dû enchanter Betty.

— Au moins, j'ai un peu de temps pour me préparer à l'affronter, soupira Joy.

— Pourquoi penses-tu que vous allez vous disputer ? demanda Meg.

— Quand je lui expliquerai qu'il est hors de question que je reprenne mon travail à la fondation maintenant que j'ai réussi dans le pétrole, elle montera sur ses grands chevaux.

Le sermon sur les ambitions et les métiers indignes d'une femme bien née allait durer des heures, se lamenta Joy.

Meg lui tapota la main avec sympathie.

— Betty oubliera sa colère quand elle verra que tu es amoureuse de Wade, prédit-elle pour la réconforter.

Joy haussa un sourcil innocent.

— Qui a dit que j'étais amoureuse ?

Meg rit doucement.

— C'est écrit sur ton visage.

Wade éprouvait-il les mêmes sentiments ? s'interrogea Joy. Certes, elle l'attirait physiquement et il avait du respect et de l'affection pour elle, cela ne faisait aucun doute. Mais il ne lui avait jamais parlé d'amour, même si tout dans son attitude permettait de supposer qu'il tenait à elle.

Plongée dans ses réflexions, Joy ne vit pas son amie sursauter et écarquiller les yeux. Elle poussa un cri de douleur quand Meg l'empoigna sans ménagement par le coude et la tira derrière elle.

— Qu'est-ce qui te prend ?.

— Ta mère vient d'entrer. Tu ne devineras jamais qui est avec elle.

— Que penses-tu de la flambée du NASDAC ? demanda Travis. Faut-il se dépêcher d'investir dans les sociétés de haute technologie ou est-il préférable d'attendre que les cours baissent un peu ?

Wade cligna des yeux.

— Les cours sont en hausse ?

Ses frères le dévisagèrent avec inquiétude. Tous trois savaient qu'il consultait les indices boursiers au moins trois fois par jour.

— Le NASDAC a pris vingt pour cent en trois jours, informa Shane.

— Tu n'en as vraiment pas entendu parler ? s'étonna Jackson.

Wade s'étonna d'être si peu excité d'apprendre que sa fortune avait encore augmenté de plusieurs centaines de milliers de dollars.

— Je n'ai pas eu le temps d'allumer mon ordinateur ou de regarder la télévision, expliqua-t-il.

En réalité, ce qui se passait à la Bourse de New York et dans le monde lui était complètement indifférent.

Ses frères échangèrent un regard entendu.

— Tu files un mauvais coton, se moqua Shane.

— Fais attention, avertit Travis. Tu vas te retrouver avec la corde au cou sans même comprendre ce qui t'arrive.

Wade n'était nullement inquiet. Il aimait Joy de tout son cœur et il l'aurait épousée sur-le-champ s'il avait pu. D'ici à la fin de la soirée, se promit-il, Joy n'ignorerait plus rien de ses sentiments.

Lilah rejoignit ses fils devant la maquette de l'aile pédiatrique. Ses yeux étincelaient de bonheur et son sourire vibrait d'amour maternel.

— Vous êtes magnifiques, mes chéris.

Tapotant le bras de Wade, elle secoua la tête avec admiration.

— Je n'en reviens pas que tu aies réussi à organiser une si belle fête en si peu de temps.

— Tout le mérite en revient à Joy, avoua-t-il.

Sans elle, il ne s'en serait jamais sorti. La soirée aurait été un désastre, il n'y aurait eu ni décorations, ni fleurs, ni repas, ni orchestre, ni voiturier, ni photographe. Seulement des invités qui se seraient ennuyés à mourir.

Lilah sourit.

— Joy est superbe dans cette robe.

Wade était bien d'accord. Cependant, pour lui, Joy était encore plus belle de l'intérieur, parce qu'elle respirait la joie de vivre et le bonheur.

Son seul regret, c'était que la jeune femme fût constamment loin de lui, ce soir. Elle prenait ses devoirs d'hôtesse beaucoup trop à cœur et passait son temps à s'assurer que les invités ne manquaient de rien.

Il allait la rejoindre et l'inviter à danser. Il voulait avoir encore le plaisir de sentir leurs pas s'accorder parfaitement, de serrer son corps souple contre le sien et de lui voler des baisers qui seraient le prélude à une nuit d'ivresse.

Les sourcils froncés, Lilah se mit sur la pointe des pieds.

— Justement, où est Joy ? Je ne la vois plus.

Wade regarda sa montre.

— Le dîner va bientôt être servi. Elle doit être dans la cuisine, en train de faire ses recommandations au traiteur et aux serveurs.

Il sourit à sa mère et à ses frères.

— Je vous laisse. Je vais voir si elle a besoin d'aide.

— Bonne idée, approuva Lilah. Embrasse-la pour moi.

Le cœur palpitant d'excitation, Wade traversa la salle. En chemin, il fit un signe amical à Gus qui était en grande conversation avec un charpentier de Laramie, puis il croisa Ernie et Dieter.

— Merci de nous avoir invités, Wade. Nous passons une excellente soirée, déclara Ernie avec un grand sourire.

— Jamais je n'aurais imaginé avoir ce genre de distraction quand Joy nous a engagés, confia Dieter en empilant des feuilletés au fromage sur une assiette.

Wade secoua la tête. Il avait dû mal entendre.

— Joy ?… Vous voulez dire : Big Jim ? demanda-t-il par acquit de conscience.

Ernie haussa les épaules et mordit dans un friand.

— Big Jim ? Personnellement, je ne l'ai jamais vu.

Des sirènes d'alarme se mirent à hurler dans la tête de Wade. Pour en avoir souvent discuté avec Big Jim, il savait que ce dernier n'embauchait jamais un employé sans s'être personnellement entretenu avec lui.

Dieter goba une poignée de cacahuètes.

— Quand nous avons appris que nous serions sous les ordres d'une femme, nous avons failli démissionner, confia-t-il. Mais Gus nous a convaincus que Joy savait ce qu'elle faisait.

— Il avait raison. Elle est vraiment très compétente, ajouta Ernie.

Wade se força à prendre un air nonchalant.

— Alors, en fin de compte, vous ne risquiez rien à travailler pour elle.

Mais lui avait risqué des millions dans cette opération ! pensa-t-il avec colère.

Ernie hocha la tête.

— Nous avons beaucoup appris, au contraire. Par exemple, nous avons eu la preuve qu'il faut se fier à son instinct quand on cherche du pétrole.

Un grand sourire fendit ses lèvres et il agita le bras.

— Justement, la voici.

— Elle est vraiment jolie, ce soir, commenta Dieter avec admiration tandis que la jeune femme se hâtait de venir les rejoindre.

— Comme une princesse, acquiesça Ernie.

Quand Joy arriva près de lui, Wade constata qu'elle le regardait avec inquiétude. Sans doute craignait-elle que Dieter et Ernie ne lui en aient trop dit.

Bon sang ! Elle avait de quoi avoir peur ! Comment avait-elle pu lui cacher de telles… manigances ?

Joy avait remarqué la crispation de ses mâchoires et les éclairs dans ses yeux.

— Tout va bien ? demanda-t-elle après avoir dévisagé les deux foreurs.

Wade grimaça un sourire.

— Très bien. Ernie et Dieter étaient en train de m'expliquer pourquoi ils ont de la chance de t'avoir comme patron au lieu de Big Jim.

Joy sentit le sang refluer de son visage. Au même instant, elle aperçut sa mère qui venait dans leur direction. Vive comme l'éclair, elle poussa Wade derrière un immense ficus.

— Je peux tout t'expliquer, assura-t-elle en réponse aux questions contenues dans son regard glacial.

S'il acceptait de l'écouter, bien sûr.

Wade croisa les bras.

— J'ai déjà tout compris.

162

Elle sentit son cœur s'arrêter de battre. Comment était-ce possible ? Avait-il vraiment *tout* compris ?

— Dans ton désir de prouver tes compétences, tu as pris la responsabilité des forages sur *mon* ranch alors que tu n'en avais pas le droit.

Joy déglutit péniblement. Ce n'était qu'une partie de la vérité. Quand il apprendrait le reste…

Un frisson glacé la parcourut.

— C'est exact, admit-elle.

Un muscle se mit à palpiter sur la joue de Wade.

— C'est tout ce que tu trouves à me dire ?

Du coin de l'œil, Joy vit sa mère se rapprocher. La panique la gagna. Elle n'avait pas le temps de donner à Wade les explications qu'il attendait.

— Excuse-moi, je dois partir.

— Quoi ?

Wade referma l'étau d'acier de ses doigts sur son bras.

— Ne t'inquiète pas, tout va bien, dit-elle en se dégageant. Le dîner est prêt, l'orchestre va en profiter pour mettre une cassette et faire une pause. J'ai vérifié qu'il y avait assez de champagne et de vin et que les chauffeurs se tiendront à la disposition de ceux qui ne seront pas en état de prendre le volant.

Elle contourna le ficus, Wade sur ses talons.

— Je te veux à mes côtés, protesta-t-il.

— J'aimerais rester, assura-t-elle, les larmes aux yeux.

— Mais…

Sa mère n'étant plus qu'à quelques mètres, Joy prit Wade par la main et l'entraîna dans la remise. Il la toisa avec exaspération tandis qu'elle fermait la porte à double tour.

— Quelle mouche te pique, tout à coup ? Pourquoi veux-tu partir ?

Elle déglutit péniblement.

— J'ai quelque chose d'important à faire.

Il la prit aux épaules. Elle lut sa confusion et sa colère dans son regard. Et également de l'amour.

— Qu'est-ce qui peut être plus important que cette belle soirée que nous avons préparée ensemble ?

— Je… Il s'est passé quelque chose. Je dois m'en occuper.

Les traits de Wade prirent la dureté du granit.

— Que me caches-tu encore ?

Joy prit une inspiration tremblante.

— C'est… compliqué.

— Je ne suis pas complètement idiot, je peux peut-être comprendre.

— Je n'ai pas le temps. Nous en parlerons demain.

Repoussant son compagnon, Joy entrebâilla la porte et risqua un regard dans la salle. Voyant sa mère à quelques pas, elle fit un bond en arrière.

— Je t'avais dit qu'elle ferait tout pour nous éviter ! s'écria Betty en faisant irruption dans la remise.

Comme tous les autres invités, elle était en tenue de soirée. Sa robe — un nuage de mousseline noire pailleté d'argent — brillait à chaque pas qu'elle faisait. L'homme qui l'accompagnait était en revanche simplement vêtu d'un jean et d'une chemise à carreaux, avec un chapeau de paille sur la tête.

Les pires cauchemars de Joy se réalisaient tous en même temps.

— Maman, je t'en prie, supplia-t-elle dans une tentative désespérée pour éviter la catastrophe totale. Pas ici. Pas maintenant.

Wade avait bien évidemment reconnu le compagnon de Betty.

— Big Jim ! s'écria-t-il. Quelle surprise !

— Bonsoir, McCabe. Je suis heureux de vous revoir, déclara cordialement le foreur tandis qu'ils échangeaient une vigoureuse poignée de main.

— Que faites-vous à Laramie ? Je vous croyais en Amérique du Sud, s'étonna Wade.

— J'y étais, confirma Big Jim. Mais Betty m'a fait revenir pour régler un gros problème.

Il fit un clin d'œil à Wade.

— Cependant, il paraît que les félicitations sont de rigueur. Vous avez encore trouvé du pétrole.

Wade hocha la tête.

— J'avoue que j'ai failli annuler toute l'opération quand j'ai découvert que Joy était à la tête des forages. Mais elle m'a convaincu de lui faire confiance.

Croisant le regard interdit de son père, Joy rougit violemment.

— Je sais que ce n'est pas tout à fait ce dont nous étions convenus, dit-elle nerveusement. Mais nous pourrons en reparler plus tard.

— Tout de suite ! explosa Big Jim.

Abattant une main de fer sur son épaule, il la poussa vers la porte.

— Si vous voulez bien nous excuser, McCabe, Betty et moi avons quelques petites choses à mettre au point avec notre fille.

— Votre… votre fille ? balbutia Wade.

Joy rentra instinctivement la tête dans les épaules. Prenant une profonde inspiration, elle se retourna pour affronter le regard furibond de son amant.

— Tu m'as dit que tu t'appelais Joy Lynn Corbett, reprocha-t-il d'une voix tremblante de rage contenue.

— Corbett Wyatt, précisa Betty.

— Mes parents ont tenu à ce que je porte leurs deux noms.

— Cela a facilité les choses quand elle a commencé à travailler à la Fondation Corbett, expliqua Betty.

Wade n'avait vraiment pas besoin d'une autre révélation, déplora Joy en se tordant les mains.

— C'est pour cette fondation que tu travaillais ? s'écria-t-il avec incrédulité. Tu es de la famille de *ces* Corbett ?

— Ne me dites pas que Joy vous l'a caché ! s'exclama Betty.

— Maman, je t'en prie.

Joy fit un pas vers Wade.

— Je m'apprêtais à tout te dire, je t'assure.

— Comme tu allais me dire que tu finançais les forages du ranch avec ce que t'a laissé ton grand-père paternel ? tonna son père.

Joy se mordit la lèvre. Son monde construit sur des mensonges s'écroulait comme un château de cartes. Les jambes flageolantes, elle se laissa tomber sur un tabouret.

Le regard brillant d'indignation, Betty marcha sur elle.

— Franchement, Joy, tu t'imaginais que j'allais te laisser dilapider ton héritage sans rien dire à ton père ?

Big Jim leva les bras au ciel.

— Les Forages Wyatt ont un gros budget pour la prospection. Il te suffisait de me demander…

— Comment ? se défendit Joy. Tu étais en pleine jungle.

Se levant d'un bond, elle indiqua Wade du menton.

— Il voulait tout annuler quand il a su que je travaillais sur la plate-forme.

Wade croisa les bras.

— J'ai trouvé très étrange que vous ayez engagé une femme, confia-t-il à Big Jim.

— J'ai fait une exception pour ma fille, acquiesça ce dernier. Mais jamais je ne lui aurais confié la responsabilité d'un chantier, je ne suis pas fou.

— S'il n'avait tenu qu'à toi, j'aurais passé mon temps à répondre au téléphone et à classer de stupides dossiers, s'écria Joy. Je n'aurais jamais eu l'occasion de prouver ma valeur.

Big Jim fronça les sourcils ;

— Ta place n'est pas sur un derrick.

Joy rougit d'indignation.

— Ce n'est pas ce que tu disais quand j'étais enfant.

Au comble de l'irritation, son père ôta son chapeau et s'en frappa la cuisse.

— Je voulais passer du temps avec toi, pas t'inciter à devenir foreuse.

— C'est pourtant ce que je veux être, répliqua Joy le front buté.

Big Jim leva les yeux au ciel.

— Ce n'est pas un métier pour une femme.

A bout de patience, il se tourna vers Betty.

— Dis-lui, toi !

— C'est inutile.

Joy leva le menton.

— J'ai prouvé que je peux être prospectrice. J'ai trouvé un gisement à ma première exploration.

— Comment Big Jim pouvait-il ignorer que tu creusais mon puits alors qu'il avait signé mon contrat ? voulut savoir Wade.

Joy fixa la pointe de ses chaussures.

— J'ai les mêmes initiales que mon père.

S'obligeant à affronter les regards indignés de ses interlocuteurs, elle leva les mains.

— Je sais, je n'aurais pas dû faire ça. J'ai compris que je faisais une énorme erreur à l'instant même où j'ai mis le contrat dans la boîte aux lettres.

— Pourquoi n'as-tu pas fait marche arrière ? interrogea Wade.

Joy rougit de plus belle.

— J'ai vu là une occasion unique de prouver ce que j'étais capable de faire. Tu ne risquais pas de perdre de l'argent, Les Forages Wyatt non plus puisque j'avais décidé de rembourser tout le monde si j'échouais.

167

— C'est parce que tu avais misé une partie de ton héritage que tu t'es obstinée à creuser quand n'importe quel autre foreur aurait renoncé, crut comprendre Wade.

— Non.

Joy leva les yeux au ciel.

— J'ai continué parce que je *savais* qu'il y avait du pétrole sous ton terrain.

Elle se tourna vers son père.

— Je suis comme toi, papa. J'ai ton don.

— Tu aurais dû tout me dire depuis longtemps, reprocha Wade.

— Tu aurais dû tout nous dire, renchérirent Betty et Big Jim.

Joy soupira tristement.

— Je ne peux refaire le passé. Je ne peux que m'excuser de vous avoir menti pour avoir une chance de me lancer dans la carrière que j'avais choisie.

Après avoir scruté anxieusement ses trois interlocuteurs, elle demanda d'une petite voix :

— Pouvez-vous me pardonner ?

Son cœur s'arrêta de battre quand elle s'aperçut que seuls la musique et les rires qui venaient de la salle lui répondaient. Puis son père vint vers elle et l'enveloppa dans une étreinte maladroite.

— Bien sûr que je te pardonne, dit-il d'un ton rogue.

Betty imita son ex-mari.

— Evidemment. Mais, ajouta-t-elle en embrassant sa fille sur le front, je préférerais que tu reviennes travailler à la fondation.

Remarquant que seul Wade gardait le silence, Big Jim tapota l'épaule de Betty.

— Nous devrions reprendre cette conversation demain, suggéra-t-il gentiment.

Pour une fois, Betty ne le contredit pas.

— Tu as raison.

— Restez dîner, invita aimablement Wade. Mes parents seront ravis de faire votre connaissance.

— Et réciproquement, assura Betty.

— Avec plaisir, dit Big Jim en même temps.

Lorsqu'ils se retrouvèrent seuls dans la remise, Wade fixa Joy sans mot dire.

— Je suis désolée, s'excusa la jeune femme.

Elle aurait voulu trouver d'autres mots, plus éloquents, pour exprimer ses remords, mais l'attitude hostile de Wade paralysait son esprit.

— Moi aussi, dit-il platement. Pas tant pour ce que tu as osé faire que pour tout ce que tu ne m'as pas dit.

Son calme était beaucoup plus effrayant qu'une longue tirade de reproche. Joy se mit à trembler de tous ses membres.

— Tu es fâché.

— Evidemment !

Wade serra les dents.

— Tu peux le comprendre, non ?

Joy tenta de maîtriser sa panique. Elle devait garder la tête froide, tout arranger.

— Laisse-moi me faire pardonner.

Wade ne parut pas l'entendre.

— Pourquoi ne m'as-tu pas dit qui tu étais ? reprocha-t-il en serrant les poings au souvenir de toutes les occasions qu'elle avait eues de se confier à lui.

— J'avais peur. Je sais combien tu méprises les débutantes comme Andrea, parce que tu estimes qu'elles travaillent pour s'amuser. Et pas plus tard qu'hier, rappela Joy, tu m'as expliqué que tu refusais de travailler avec les jeunes qui comptent sur le nom et la réputation de leur parents pour leur ouvrir toutes les portes.

Elle soupira tristement.

— Comme, en plus, tu avais investi beaucoup d'argent dans les forages, je savais que tu serais furieux.

Encore une personne qui pensait qu'il avait une caisse enregistreuse à la place du cœur, pensa Wade avec amertume.

Mais avec elle, il n'avait jamais pensé en terme de retour d'investissement ou de profit, il n'avait écouté que ses émotions et ses sentiments.

— Si je comprends bien, dit-il avec une hargne décuplée par la déception, tu aurais préféré ne pas avoir à me dire la vérité.

— C'est certain, acquiesça Joy.

Elle aurait tout donné pour ne pas se retrouver dans cette situation, pour ne pas avoir à affronter la réprobation de Wade et à redouter qu'il ne la quitte.

Elle voulait pouvoir compter sur son indulgence et sa compréhension, être libre d'être elle-même, de commettre des erreurs sans pour autant risquer de perdre son amour, ne pas avoir à prouver qu'elle était digne de lui à chaque instant.

Mais, à en juger par son visage de marbre, ce n'était pas possible.

Wade la fit reculer contre le mur et appuya les mains de chaque côté de sa tête.

— Aurais-tu également préféré que nous en restions à des rapports strictement professionnels ?

Elle déglutit péniblement.

— Tu parles comme si j'étais calculatrice au point de contrôler mes sentiments.

Wade eut un rire méprisant.

— Tu as bien calculé tes mensonges, en tout cas.

Une gifle n'aurait pas fait plus mal à la jeune femme.

— Tu ne peux pas savoir combien de fois j'ai failli tout t'avouer.

Sa voix se mit à trembler. Elle se força à poursuivre :

— Mais il m'a semblé qu'il valait mieux attendre d'avoir exécuté le contrat de forage.

Wade haussa un sourcil.

170

— Tu me croyais incapable de te comprendre ?

Le cœur serré, Joy parcourut ses traits virils courroucés.

— Pour l'instant, tu n'as pas l'air très compréhensif, justement.

— Peut-être parce que je m'aperçois que j'ai failli demander la main d'une femme qui n'a pas confiance en moi.

L'amertume et la rancœur de Wade étaient presque tangibles.

— C'est vrai, admit Joy d'une voix sourde. J'aurais dû te faire confiance. Mais quand je vois comment tu réagis, je me dis que j'ai eu raison de m'inquiéter.

Désireuse d'apaiser sa colère, elle voulut lui prendre la main. Il recula comme si elle l'avait brûlé.

— Ne commettons pas la même erreur que mes parents, supplia-t-elle, les larmes aux yeux. A la première difficulté, ils ont renoncé et se sont tourné le dos.

Sachant que sa vie était en jeu, elle rassembla tout son courage pour demander :

— Peux-tu me pardonner et nous laisser une seconde chance ?

Le visage fermé, Wade se détourna.

— Je suis désolé. C'est impossible.

— J'ai tout préparé, papa, annonça Joy quand ses parents arrivèrent au bureau du site le lendemain matin.

Elle avait veillé toute la nuit, pour remettre des dossiers parfaitement en ordre à quiconque son père chargerait d'assurer la direction des forages.

— Voici la chronologie des sondages, les variations de trajectoire, l'évolution de la composition des boues, les recommandations pour les forages d'exploitation sur la base des problèmes que nous avons rencontrés, et la liste des meilleurs emplacements pour installer d'autres puits.

Big Jim n'accorda pas un regard à la pile de classeurs et de listings qu'elle poussait vers lui. Tandis que son ex-épouse s'installait sur le canapé bosselé, il croisa les bras et s'assit sur le bord du bureau.

— Je n'ai pas l'intention de te renvoyer, chérie.

Joy rougit et baissa la tête.

— Tu devrais, étant donné la manière dont je me suis conduite.

Regardant le derrick par la fenêtre, son père rappela avec admiration :

— Tu as trouvé du pétrole.

Trop nerveuse pour rester en place, Joy se mit à faire les cent pas.

— Seulement parce que je t'ai menti.

172

Avec le recul, elle mesurait l'énormité de ce qu'elle avait fait. A cause de son ambition, elle s'était rendue coupable d'escroquerie et d'abus de confiance.

— Je sais que tu ne recommenceras pas, lui dit Big Jim avec indulgence.

— C'est certain.

Joy soupira longuement. En passant près de la fenêtre, elle vit Ernie, Gus et Dieter qui faisaient connaissance avec l'équipe de production des Forages Wyatt qui allait pomper le pétrole.

— Il fallait du cran pour faire ce que tu as fait, commenta Big Jim.

Comme elle gardait le silence, il s'approcha et lui serra tendrement l'épaule.

— J'ai eu tort de ne pas te donner les mêmes chances que si tu avais été un garçon, admit-il d'un ton rogue.

Le visage abasourdi, Joy pivota vers lui. Elle ne s'était pas attendue à ce que son père fasse son examen de conscience et reconnaisse qu'il avait péché par machisme.

— Mais je vais corriger mon erreur, te donner la place qui te revient dans ma société, continua Big Jim. Je te nomme vice-présidente à compter d'aujourd'hui.

Souriant à son regard sidéré, il poursuivit :

— Je te confie également la responsabilité de toutes les prospections au Texas jusqu'à mon retour d'Amérique du Sud. En conséquence, tu as carte blanche pour accepter ou refuser des chantiers et pour recruter du personnel et former des équipes.

Recouvrant sa gravité, il regarda Betty et ajouta :

— Je te demande juste une concession : n'utilise plus jamais ton argent pour financer une opération. La société a un budget réservé aux sondages. Tu devras t'y tenir, d'accord ?

— C'est promis.

Les rêves les plus chers de Joy se réalisaient : non contents de lui pardonner son écart de conduite, ses parents renonçaient à la dissuader de devenir foreuse. Elle était parvenue à gagner leur respect et leur approbation.

Si seulement sa vie sentimentale pouvait s'arranger aussi facilement, pensa-t-elle avec tristesse…

— Tu n'as pas l'air contente, chérie, remarqua Betty en se levant pour venir la serrer sur son cœur.

Joy se sentait enfin assez sûre de l'amour de ses parents pour se confier à eux.

— Je m'en veux tellement, soupira-t-elle.

Même si ses parents lui avaient pardonné, même si son nom était en passe d'être connu dans le milieu du pétrole, elle ne parvenait pas à juguler ses remords. La fin ne justifiait pas toujours les moyens. Si elle l'avait compris plus tôt, elle n'aurait pas menti à l'homme qu'elle aimait.

— Tu sais, dit Big Jim en la faisant asseoir entre Betty et lui sur le canapé, je suis impressionné par ce que tu as réussi à faire avec si peu de moyens techniques.

— Moi aussi, renchérit Betty. Chérie, ton père et moi avons beaucoup parlé hier soir. Il m'a aidée à comprendre que tu as un don exceptionnel pour le forage.

Lissant affectueusement les cheveux de sa fille en arrière, elle poursuivit :

— Alors, même si je continue à déplorer ton absence à la fondation, je n'essaierai plus de te convaincre de rentrer à Dallas.

— Tout est bien qui finit bien, déclara Big Jim avec un sourire ravi.

— Pas tout à fait.

Betty secoua la tête et emprisonna les mains de Joy entre les siennes.

— Où en es-tu avec Wade, chérie ?

Joy faillit fondre en larmes. Elle se releva d'un bond et se mit à arpenter le salon.

— Tout est fini. J'ai tout gâché.

174

— Peut-être pas, dit Betty d'un ton apaisant.

Toute la nuit, Joy avait espéré qu'une fois sa colère retombée, Wade recouvrerait son objectivité et comprendrait les raisons qui l'avaient poussée à lui mentir. Mais au petit matin, elle s'était forcée à être réaliste. Etant donné l'importance que Wade attachait à la loyauté et à la franchise dans une relation, il ne lui pardonnerait jamais.

Elle l'avait perdu.

— Si tu pars, tu es un imbécile !

Après avoir foudroyé son frère du regard, Wade continua à faire ses bagages.

Nullement intimidé, Shane se campa devant la porte de la chambre et cala les pouces dans son ceinturon.

— Je vous avais dit qu'il fallait faire vite, lança-t-il à Jackson et à Travis qui se tenaient juste derrière lui.

Wade n'était pas d'humeur à avoir de la compagnie.

— Je suis pressé. Epargnez-moi les discours d'homme à homme.

Il n'avait pas besoin que ses frères le mettent encore en garde et lui fassent remarquer qu'il n'était plus le même depuis qu'il connaissait Joy. Il était parfaitement conscient que la jeune femme avait bouleversé sa vie, son cœur et son état d'esprit.

Avec elle, il avait découvert qu'il y avait autre chose en dehors des dollars et des cents, il avait eu la joie et le soulagement de constater qu'il était tout à fait capable d'écouter un autre être humain et de lui livrer ses pensées les plus secrètes. Il s'était dit que peut-être il pouvait espérer plus que des relations superficielles avec des femmes insipides.

Ces derniers jours, il avait même cru toucher le bonheur du doigt, avoir tout ce dont il avait toujours rêvé : l'amour, la complicité, l'harmonie du cœur et des sens.

Mais hier soir, il était brutalement retombé sur terre.

Pourquoi n'avait-il rien vu venir ? se reprocha-t-il. Combien de fois un homme devait-il souffrir pour enfin comprendre qu'il ne devait faire confiance à personne ?

Jackson arrivait directement de l'hôpital. Il portait encore une casaque verte tachée de sang. Tout en se frottant le menton, il étudia son frère d'un air pensif

— Ce n'est pas que tu n'as pas de cœur. C'est juste que tu ne sais pas t'en servir.

Wade arracha ses chemises de leurs cintres et les jeta dans sa valise sans prendre la peine de les plier. Il avait aimé Joy. Mais, à en juger par ce qu'il avait découvert la veille, ses sentiments n'avaient pas été réciproques.

— Dorénavant, je m'en tiendrai à ce que je connais : les fluctuations de la Bourse et les snobinardes sans cervelle, jura-t-il.

Sa valise à la main, il descendit prendre son ordinateur dans son bureau. Ses frères le suivirent en échangeant des regards inquiets.

— Joy n'était pas ton style habituel, c'est certain, admit Travis en repoussant son Stetson en arrière. Mais elle, au moins, elle savait te faire sourire, elle allumait des étoiles dans tes yeux.

— Qu'elle soit l'héritière d'un empire importe peu, déclara Shane.

— Même si tu t'es couvert de ridicule en lui prétendant savoir mieux que quiconque comment faire d'elle une femme du monde, rappela Jackson avec un sourire ironique.

— Elle n'avait pas besoin de mes conseils, reconnut Wade en rangeant son ordinateur dans sa mallette.

Mais il avait cru bien faire, il avait voulu aider Joy à s'épanouir.

— Tu t'es bien amusé quand même, non ? demanda Shane.

Son frère avait raison, soupira intérieurement Wade. Il avait adoré chaque instant passé avec Joy au point qu'il n'osait pas envisager sa vie sans son sourire, sans ses éclats de rire et ses reparties frondeuses.

Shane lui tapota l'épaule.

— Ecoute, vieux, je sais que je déconseille à tous les hommes de se passer la corde au cou. Mais dans ton cas, je vais faire une exception.

— Nous vous avons bien observés, Joy et toi, ajouta Jackson. Si deux personnes sont faites l'une pour l'autre, c'est bien vous.

Wade regarda Travis.

— *Tu quoque Brutus ?* demanda-t-il. Tu les soutiens, toi aussi ?

Il était certain que Travis ne l'encouragerait pas à renouer avec Joy. Depuis que sa fiancée s'était tuée dans un accident de voiture, son frère refusait catégoriquement toute discussion qui touchât de près ou de loin aux sentiments ou au mariage.

— Joy a su te faire oublier tes affaires, souligna Travis. Ce doit donc être une femme très spéciale.

Il eut un sourire mélancolique.

— A ta place, je ne tournerais pas le dos à la chance de vivre le grand amour.

Après avoir trempé deux compresses dans une cuvette d'eau glacée, Betty les essora et les tendit à sa fille.

— Je suis contente que tu aies changé d'avis. Je n'avais pas très envie d'aller à la fête de Lilah McCabe sans toi.

Joy n'avait pas le cœur à sortir. Mais tout valait mieux que rester seule dans son mobile à broyer du noir et à pleurer en se repassant constamment le film de ses souvenirs : Wade lui montrant comment préparer du café, Wade s'échinant à lui apprendre à danser, Wade et elle faisant l'amour…

Quoi qu'elle fît, partout où elle allât sur le site, elle ne pensait qu'à Wade. Encore Wade, toujours Wade. Elle devait absolument se changer les idées sinon elle allait mourir de chagrin.

Posant les compresses sur ses yeux gonflés par les larmes, Joy se força à feindre l'enthousiasme :

— Cette soirée est censée rivaliser avec celle que John a donnée il y a deux semaines pour enterrer sa vie de garçon avant de répéter ses vœux à Lilah.

— L'ambiance était festive ?

Betty semblait ravie et excitée à cette perspective.

— Torride, à ce qu'il paraît.

Sans lâcher les compresses, Joy s'allongea sur le couvre-lit.

— D'après ce qu'on m'a raconté, Lacey a fait un strip-tease et dansé sur le bar en Bikini doré. A l'époque, elle ne connaissait même pas Jackson. Cela a été le coup de foudre, ils se sont mariés quelques jours plus tard.

— Ils ont certainement connu des moments difficiles, eux aussi, dit Betty.

Joy hocha la tête.

— C'est ce que j'ai cru comprendre. Mais ils ont fini par triompher de tous les obstacles, parce qu'ils s'aimaient vraiment.

En revanche, Wade et elle ne se retrouveraient jamais, songea-t-elle, le cœur lourd. Parce qu'il n'avait pas assez tenu à elle pour essayer de la comprendre et de surmonter leurs différends.

Betty s'assit près d'elle et lui tapota la main.

— Si tu aimes Wade autant que je le pense, ravale ta fierté et appelle-le, conseilla-t-elle. J'ai longuement parlé avec Lilah ce matin au téléphone. Nous pensons toutes les deux…

Joy se redressa d'un bond et jeta les compresses sur le sol.

— Ne te mêle pas de ma vie privée !

Elle faillit se prendre les pieds un tas de vêtements en gagnant sa penderie.

— Je vais reprendre le cours normal de ma vie et oublier Wade McCabe, affirma-t-elle après avoir sorti une robe en jean et des ballerines assorties.

En son for intérieur, elle savait déjà qu'elle se mentait à elle-même. Wade avait été l'homme de sa vie. Il lui manquerait jusqu'à la fin de ses jours. Jamais elle ne se remettrait de l'avoir perdu par sa seule faute.

Elle s'étonna de voir que sa mère gardait le silence mais, soulagée d'éviter une discussion aussi désagréable qu'inutile, elle s'abstint prudemment d'en faire la remarque. Elle s'habilla et se maquilla soigneusement, cachant du mieux qu'elle pouvait les cernes mauves sous ses yeux, puis elle suivit Betty vers sa Cadillac.

Quand elles arrivèrent devant le Remington Bar & Grill, la soirée battait déjà son plein, la musique country et les éclats de rire des participants résonnaient jusque dans la rue. Prenant une profonde inspiration, Joy plaqua un sourire sur son visage et entra avec sa mère dans le restaurant rustique décoré de guirlandes de fleurs et de grappes de ballons multicolores.

Quelque peu intimidée, elle scruta la foule des invités à la recherche d'un visage connu. Elle aperçut bientôt Meg qui plaisantait avec ses sœurs, Jackson et sa jeune épouse Lacey, Patricia Weatherby, la nouvelle interne de l'hôpital de Laramie, et plusieurs autres personnes qu'elle avait rencontrées la veille, lors de la réception que Wade avait donnée pour ses parents.

Lilah s'était précipitée à la rencontre des nouvelles arrivantes. Après avoir chaleureusement remercié Betty pour les fleurs que celle-ci lui avait fait livrer dans l'après-midi, elle glissa son bras sous celui de Joy.

— Comment allez-vous, ma chérie ?

Du coin de l'œil, la jeune femme vit Wade pousser la porte du restaurant et foncer droit vers elle.

— J'ai à te parler. Suis-moi, ordonna-t-il en abattant une main de fer sur son épaule.

— Il est trop tard, Wade.

Furieuse de constater qu'il parvenait encore à affoler son pouls et ses sens par sa seule présence, elle se dégagea et lui tourna le dos.

Il lui avait brisé le cœur. En faisant fi de ses explications. En lui refusant son pardon. Elle ne voulait plus le voir.

Ruminant son amertume et ses regrets, elle gagna le bar et demanda du champagne. Comme si de rien n'était, Wade l'imita. Nonchalamment accoudé au comptoir, il l'enveloppa d'un regard de braise.

— Il n'est jamais trop tard.

Elle but la moitié de sa coupe d'une traite pour se donner du courage. Il était si beau, si séduisant, avec son blouson de daim et son pantalon noirs rehaussés d'une chemise de soie blanche, qu'elle avait envie d'oublier tout ce qui les séparait pour se jeter dans ses bras. Déjà, son corps se tendait vers lui, impatient de retrouver la chaleur et la force virile de son étreinte.

— Nous avons déjà dit tout ce qu'il y avait à dire. Laisse-moi tranquille, lança-t-elle dans un sursaut de volonté.

Elle en avait fini avec les hommes qui ne voulaient pas l'accepter comme elle était, avec ses défauts et ses faiblesses, se répéta-t-elle fermement.

Le visage résolu, Wade lui prit sa coupe des mains et la posa sur le comptoir. Elle lut dans ses yeux qu'il était prêt à tout pour l'obliger à l'écouter.

Décidant de mettre une distance raisonnable entre eux, elle marcha vers la sortie du restaurant.

— Tu es ridicule ! s'écria-t-elle quand il la suivit.

— Pas plus que quand tu t'es moqué de moi.

— Tu l'as cherché. C'est toi qui m'as couru après.

Vif comme l'éclair, Wade se plaça devant la porte.

— Si je me rappelle bien, tu t'es laissé attraper.

Joy le foudroya du regard.

— C'était une erreur.

Wade secoua la tête.

— C'est moi qui ai commis une erreur. Je n'aurais jamais dû te laisser partir.

L'exaspération de Joy ne connut plus de bornes lorsqu'elle s'aperçut qu'ils étaient le point de mire de toute l'assistance.

— Tout le monde nous regarde. Cessons cette discussion absurde ! lança-t-elle avec colère.

— Avec plaisir.

Comme si elle ne pesait pas plus qu'un fétu de paille, Wade la souleva dans ses bras et sortit dans la rue.

— Pose-moi tout de suite ! cria Joy, outrée.

Rageusement, elle lui martela les épaules et le torse de ses poings.

— Tout est fini entre nous !

Elle aurait tout aussi bien pu frapper un mur de béton.

— Nous n'avons même pas commencé, répliqua Wade, placide.

Lorsqu'il s'arrêta devant un carrosse doré auquel étaient attelés quatre chevaux blancs pommelés, Joy écarquilla les yeux et oublia momentanément de se débattre. Très digne dans une livrée rouge et or, Shane McCabe se tenait au garde à vous devant la portière ouverte. Son frère Travis McCabe était assis à la place du cocher.

Chez les McCabe, les enlèvements étaient-ils une affaire de famille ? se demanda-t-elle en voyant Jackson, John et Lilah sortir du restaurant. Incroyable mais vrai, tous avaient aidé à la réalisation du kidnapping ! Et ils n'étaient pas les seuls, s'aperçut-elle au comble de la surprise quand Betty et les autres invités sortirent crier leurs encouragements à son ravisseur.

Sa surprise ne connut plus de bornes quand elle vit Big Jim lui-même surgir de derrière le carrosse.

— Ne me dis pas que tu l'approuves, toi aussi ! cria-t-elle avec dépit.

Il lui caressa affectueusement la joue.

— Laisse une seconde chance à Wade, chérie. Laisse-toi une chance d'être heureuse avec lui.

— J'aimerais tellement pouvoir vous souhaiter la bienvenue dans notre famille, Joy, déclara John McCabe.

— J'ai hâte de vous avoir pour fille, renchérit Lilah.

Renonçant à faire une scène en public, Joy se laissa déposer sur la banquette du carrosse sans plus protester. Elle allait se contenter d'écouter ce que Wade tenait à lui dire, puis elle déclarerait que cela ne changeait rien et que tout était fini entre eux.

Sitôt installé face à elle, Wade fit un signe de tête à Shane. Celui-ci ferma la porte. Du haut de son siège, Travis fit claquer son fouet. Le carrosse s'ébranla alors lentement au milieu des vivats attendris de l'assistance. Partagée entre le rire et les larmes, Joy découvrit les bouquets de roses rouges qui capitonnaient l'intérieur du carrosse et la bouteille de champagne qui fraîchissait dans un seau d'argent.

— D'où vient ce carrosse de conte de fées ?

— Il appartient au comité des fêtes de la ville, expliqua Wade. J'ai convaincu le maire de me le prêter.

Un silence tendu s'installa entre eux, uniquement troublé par le martèlement des sabots des chevaux sur l'asphalte.

— Où m'emmènes-tu ? demanda Joy à bout de patience.

Son compagnon sourit avec malice.

— Tu verras.

— Certainement pas !

Quand elle se leva pour frapper au plafond du carrosse et ordonner au cocher de s'arrêter, Wade l'attira sur ses genoux.

— Rassure-toi, je ne t'emmènerai pas dans un de ces endroits chic pour débutantes et riches héritières.

Il resserra son étreinte alors qu'elle tentait de se soustraire à la chaleur émouvante de son corps viril.

— J'ai toujours su que tu n'étais pas comme Andrea. Elle et moi étions si mal assortis que même après deux ans passés avec elle, je ne savais pas ce qu'elle pensait ni même si elle était bien avec moi.

Il l'enveloppa d'un regard vibrant de tendresse.

— Avec toi, je n'ai jamais eu le moindre doute. J'ai toujours perçu tes moindres émotions. Par exemple, j'ai vu que tu étais sur des charbons ardents dès que je parlais de Big Jim ou de ton ancien travail à Dallas.

D'une voix très douce, il ajouta :

— De même que j'ai su que tu voulais me distraire et m'empêcher d'accéder à Internet, coquine.

Comme Joy ouvrait la bouche pour se justifier, il lui posa un doigt sur les lèvres.

— Je sais, la rassura-t-il. Ensuite, tu as été emportée par la passion, comme moi, et tu as oublié pourquoi tu m'avais embrassé au départ.

Après avoir posé son Stetson sur l'autre banquette, il continua :

— On ne connaît cette harmonie parfaite que si l'on s'aime vraiment. Je t'aime, Joy. De toute mon âme.

— Wade !

Des larmes de bonheur noyèrent le regard de la jeune femme.

— Je t'aime tant, moi aussi.

— Alors, sois ma femme, dit Wade d'une voix rauque en l'étreignant farouchement. Fais de moi un homme.

Elle serait tellement heureuse de l'épouser, de lui jurer fidélité et amour !… Cependant, avant d'accepter de lier son destin au sien, elle tenait à mettre certaines choses au point.

— Je te préviens, je ne renoncerai pas à ma carrière.

Wade lui prit la main.

— Je ne te demanderai jamais un tel sacrifice. Je sais combien ton métier compte pour toi.

Parcourue d'un frisson de plaisir, Joy se força néanmoins à poursuivre :

— Je ne veux pas passer mes soirées dans des bals ou des dîners de charité.

— J'ai vu assez de strass et de paillettes pour toute ma vie, la rassura Wade.

Solennellement, elle déclara toutefois :

— Mais je ferai tout pour concilier mes devoirs d'épouse et de mère avec mon travail.

Le sourire chaleureux de Wade indiqua qu'il n'en doutait pas une seconde.

— Et moi, je te promets que tu ne pourras pas rêver de meilleur mari, amant et ami que moi.

Il l'attira contre lui pour un long baiser ardent.

— Nous aurons cinq enfants, qu'en dis-tu ?

Eperdue de joie, elle s'imagina élevant avec lui une ribambelle joyeuse.

— Tu as tout prévu, on dirait.

Une étincelle malicieuse dans les yeux, Wade frappa cinq coups contre le toit du carrosse puis commença à déboutonner sa chemise.

— Absolument tout.

Découvrez la collection

ÉMOTIONS

avec un extrait du titre

Les héritiers de Bellefontaine
de EVE GADDY

*Laissez-vous emporter au cœur
de la Louisiane dans la plantation
familiale de Bellefontaine sur les
rives du Mississipi...*

– En vente en juin –

A paraître en juin 2004 dans la collection
éMOTIONS

Les Héritiers de Bellefontaine,
de Eve Gaddy

Extrait

« Lorsqu'elle eut enfin terminé de mettre de l'ordre dans les comptes de l'exploitation, Casey éteignit son ordinateur et quitta la pièce dans laquelle elle travaillait.

Elle sortit du bâtiment dans lequel elle avait installé son bureau pour se diriger vers le corps de logis principal et fut comme happée par une gangue de chaleur moite qui rendit sa respiration plus difficile. Sa peau ne tarda pas à se couvrir d'une fine pellicule de sueur.

C'était un temps habituel, en Louisiane, en cette fin de mois d'août et Casey aurait dû y être habituée. Après tout, elle avait passé toute sa vie sur cette plantation de Bellefontaine située près du fleuve Mississippi. Mais ce soir-là, l'impression d'humidité était particulièrement étouffante.

Elle essuya son front du revers de la main et s'immobilisa, fronçant les sourcils. Elle sentait distinctement une odeur de fumée. Pas la fumée de cigarette. Quelque chose de plus âcre, de plus lourd...

Levant la tête, Casey regarda autour d'elle, le cœur battant. Elle distinguait la forme de la maison dans l'obscurité croissante mais, à son grand soulagement, aucune lueur suspecte n'en provenait.

Pressant le pas, elle s'approcha et constata avec une frayeur redoublée que l'odeur devenait de plus en plus forte. Brusquement, une explosion se fit entendre à l'arrière de la maison, suivie de près par une langue de flamme orange et par le son strident d'une alarme.

Bellefontaine brûlait !

Casey se mit à courir de toutes ses forces le long de la route de terre battue qui conduisait au bâtiment. Jamais les quelques centaines de mètres qui le séparaient de la serre ne lui avaient paru si longs à parcourir.

Sa famille était à l'intérieur, ne cessait-elle de se répéter, envahie par une terreur sans nom. Sa nièce Megan, sa tante Esme, Tanya, la nounou de Megan… Tous sauf Jackson, son frère, le seul qui aurait pu leur venir en aide.

Contournant la vieille demeure au pas de course, Casey se dirigea vers la porte d'entrée. Là, elle prit une profonde inspiration avant de l'ouvrir, priant pour que l'appel d'air n'attire pas les flammes.

Heureusement, tel ne fut pas le cas : l'incendie paraissait pour le moment ne faire rage que sur l'arrière. Par contre, la fumée avait envahi toute la maison.

Elle repoussa la porte et courut jusqu'au bâtiment contigu à la serre où se trouvait son bureau et où étaient entreposés plusieurs tuyaux. Elle en prit deux et les enroula autour de ses épaules avant de revenir au pas de course.

Mais, alors qu'elle approchait de la maison, une ombre se découpa brusquement devant elle, à contre-jour devant l'incendie. Casey essaya de l'éviter mais la silhouette se décala également et elle la percuta de plein fouet. Alors qu'elle allait basculer en arrière, une poigne d'acier la retint.

La jeune femme regarda avec stupeur l'homme contre lequel elle venait de buter. Aveuglée par l'incendie, elle ne pouvait distinguer son visage.

— Qui êtes-vous? demanda-t-elle, essoufflée.

— Je m'appelle Nick, Nick Devlin.

— Au fond, peu importe, déclara la jeune femme en lui tendant l'un des tuyaux qu'elle portait. Tant que vous êtes là pour aider.

Le nuage qui masquait la lune se déplaça alors, laissant tomber sur eux une lueur bleutée. Casey distingua alors les traits de Nick Devlin.

Un nez droit et aristocratique, des yeux légèrement fendus en amande, des lèvres minces et sensuelles, un menton volontaire et de hautes pommettes que mettaient en valeur des cheveux de jais.

— Vous devez être Casey, dit l'inconnu d'une voix grave. Je suis un ami de votre frère.

— Ravie de faire votre connaissance, répondit-elle machinalement tandis que tous deux remontaient à vive allure en direction de la maison.

Nick brancha les deux tuyaux et lui en tendit un.

— A vous l'honneur, Princesse, dit-il, un léger sourire aux lèvres.

En d'autres circonstances, Casey aurait protesté contre ce surnom ridicule et déplacé dans la bouche d'un inconnu. Mais elle se sentait trop fatiguée pour cela. Tout ce qui comptait en cet instant, c'était de sauver Bellefontaine. Se tournant vers les flammes, elle entreprit donc de les arroser aussi efficacement qu'elle le put. Derrière elle, elle entendit alors le bruit des sirènes et elle bénit le Ciel. Le foyer de l'incendie dégageait une épaisse fumée qui entourait Casey de toutes parts. Brusquement, elle se sentit prise de vertige et ses jambes se dérobèrent sous elle.

Lorsqu'elle rouvrit les yeux, quelques instants plus tard, elle se trouvait allongée sur la pelouse du jardin. Nick Devlin était agenouillé au-dessus d'elle, arrosant son visage d'eau glacée. La jeune femme cligna des yeux, recouvrant lentement ses esprits.

— Qu'est-ce qui m'est arrivé ? demanda-t-elle en tentant de se redresser.

Nick posa doucement la main sur son épaule, la forçant à rester allongée.

— Je vous ai portée jusqu'à l'avant de la maison, à l'écart de la fumée. Tout le monde est sain et sauf, rassurez-vous. Les membres de votre famille sont à l'arrière : ils regardent travailler les pompiers.

Malgré les circonstances, Casey ne put s'empêcher de remarquer combien la voix de Nick était belle et profonde.

— Je vais bien, répondit la jeune femme, agacée par son ton condescendant.

Alors qu'elle tentait de se relever, elle fut terrassée par une prodigieuse quinte de toux qui démentait ses paroles. Nick attendit qu'elle se soit calmée pour lui faire avaler un peu d'eau.

— Faites attention, Princesse, dit-il en souriant. Si vous vous agitez trop, vous risquez de vous évanouir dans mes bras une fois de plus. »

Ne manquez pas le 1er juin 2004,
Les Héritiers de Bellefontaine,
de Eve Gaddy,

à paraître dans la collection
ÉMOTIONS

Le nouveau visage
de la collection Or

◆

AMOURS D'AUJOURD'HUI

Afin de mieux exprimer sa modernité et de vous séduire encore davantage, votre collection Or a changé de couverture et de nom depuis le 1er mars 1995.

Rassurez-vous, les romans, eux, ne changent pas, et vous pourrez retrouver dans la collection **Amours d'Aujourd'hui** tous vos auteurs préférés.

Comme chaque mois, en effet, vous y attendent des héros d'aujourd'hui, aux prises avec des passions fortes et des situations difficiles...

COLLECTION
AMOURS D'AUJOURD'HUI :
Quand l'amour guérit des blessures de la vie...

Chère lectrice,

Vous nous êtes fidèle depuis longtemps?
Vous venez de faire notre connaissance?

C'est pour votre plaisir que nous avons
imaginé un rendez-vous chaque mois
avec vos auteurs préférés, vos
AUTEURS VEDETTE dans les
collections Azur et Horizon.

Les AUTEURS VEDETTE vous
donneront rendez-vous pour de
nouveaux livres vedette.

Pour les reconnaître, cherchez
l'étoile . . . Elle vous guidera!

Éditions Harlequin

69 L'ASTROLOGIE EN DIRECT
TOUT AU LONG
DE L'ANNÉE.

(France métropolitaine uniquement)
Par téléphone 08.92.68.41.01
0,34 € la minute (Serveur SCESI).

Composé et édité par les
*éditions*Harlequin
Achevé d'imprimer en mai 2004

BUSSIÈRE
GROUPE CPI

à Saint-Amand-Montrond (Cher)
Dépôt légal : juin 2004
N° d'imprimeur : 42233 — N° d'éditeur : 10597

Imprimé en France